JN288604

肚《はら》 老子と私

加島祥造
Shozo Kajima

日本教文社

まえがき

話は、体験談から始まります。七十七歳の年に受けた手術のことです。ここから、新しいことが見え始めたのです。その「見えてきたこと」をこれから話したい。これは老年者の回顧談ではなくて、新しい展望をえた者の話です。

人間の内部には、意識と無意識が共存しています。ふだん、行動したり思考したりする時には、意識が働いていて、その下で働く無意識に気づく機会は少ない。しかし、無意識というものは、意識しようとしまいと活発に活動している。このごろ私は、人間とは主として無意識の力に動かされるもの、と思うようになっています。

日常の意識に占領されていた心が、ふとした瞬間に無意識とふれる——例えば、外国旅行とか、大病とか、定年退職とか、あるいは何か芸術的な体験などによって、日常の意識が外れる瞬間、無意識に潜在する能力が、意識にふれる。そのような体験は、年齢が高くなるにつれて多くなってくるように思われます。少なくとも私の場合はそうでした。

私はいま、信州の山里で、暮らしています。若いころから壮年期の終わりまで家族を持ち、大学で英語や英文学を教え、翻訳や著作をしてきたし、人並みに競争心や野心もありました。六十の半ばになって、老子の思想に出会い、都会生活を離れて信州の谷で、独りの時間を過ごし始め、それまでとはまったく違った思索の世界が開け、さらに、詩と画作ができるようになった。

そして、七十七歳で受けた開腹手術の後、肚《はら》についての新しい人間観を持ちはじめた——こうした一連の展開は私の中の潜在能力が働き出したからでしょう。

人というのは、思いもよらぬきっかけによって、それまでいた場所とは違うところへと出てゆくものです。そして自分の内側に何か新しいものを発見する——そのことに私は、常に驚いてきたのであり、この本もこの驚きが伝えられたら、と願って書いたのでした。

目次

Ⅲ

爾《か》れ高天原《たかあまはら》動《ゆす》りて、八百万神《やおよろずのかみ》共《とも》に咲《わら》ひき。

――『古事記』――

装　幀　清水良洋（push-up）
本文挿画　著　者

I

本文中の、「腹」と「肚」の二字は、著者の感性から使い分けたものであり、意味は変わらないものとしている。

1 新しい気づき

腹の虫てえやつはえらいもんで、食べものだけじゃなく、なんでもちゃんと知ってやがる。だからよく「虫の好かん奴」というのがいる、腹の虫がきらうんですね。ちょっとつきあってみてなんだか好きになる人と、いやだなアと思うような人がある。みんな虫のせいですよ。
（古今亭志ん生著『なめくじ艦隊』）

七十七歳になった年の六月、前立腺を除去する手術を受けました。すでにその十ヵ月ほど前から、尿の出がにぶくなって薬を常用していました。冬を迎えて信州の寒夜に寝床から起きて用を足すのは辛いものです。いっそ手術をしようかと思いつつ執筆や画作に心をとらわれて、先延ばしにしていました。年だからなるべくなら切るな、と言う人も少なくなかったし、私は迷ってあちこちの意見を聞いたりした。

前立腺というのは男性ホルモンを出す腺であり、膀胱の外側、尿道の近くにあり、肥大すると尿道を圧迫して尿の出方が悪くなる。治療には薬や、肛門から内視鏡で削り取る方法もありましたが、私は開腹手術を選びました。私のものは肥大して炎症も起こしていたので、手術は手間取ったそうです。しかし手術そのものの記憶は何一つなくて、妙な夢ばかり見てうつつに過した感覚しか残っていません。

しかし手術の後で、予想外のことが二つ起こった。その一つは、シャックリでした。術後三日が過ぎて、私は集中治療室から個室に戻った。昼食の汁をひと口すすった時にヒクッと胸が動くのを感じ、それからシャックリが二時間続きました。上半身をやや起こしてもらい、坐禅の息づかいでようやく押えこむ。しかしまた夕方から始まり、その夜、眠るまで続き、次の日の朝、食事の前から再発して、食後も止みません。十秒おきにヒクッとくる。

午前の廻診の時もやっていて、私は、腹帯を解いて傷口を見ている医師に、シャックリのことを訴えたが、彼は何も返事もしない。何の助けも出さない。しかし私は、もしシャックリが今夜も続いたらどうしよう、と気が気ではなかったのです。

事実、シャックリは夜まで続き、私はたまらなくなり、当直のナースを呼びました。彼女もシャックリの手当てなど知らないと言い、安定剤を注射してくれました。それが効いたのかどうか、私は眠りこみ、次の日は、シャックリは納まっていました。

人には「カンシャク持ち」の人がいるように、「シャックリ持ち」の人がいます。その体質の人は、一度シャックリが起きるとなかなか止まらず、苦しむ。私もその「シャックリ持ち」の一人で、若い時から老年の今まで、時おり起こって、手こずらされています。シャックリなんかで悩むのか、と思うでしょうが、しかし、これが何時間も続くことを想像してみて下さい。かなり深刻なものなのです。当然私は種々の治し方を覚えこんでいて、病院でもその方法を幾つも試みたのですが、役立たなかったのです。

ヒクッ、ヒクッとやりつつ寝ていた私は、アメリカの作家ウイリアム・フォークナーのことを思い出しました。彼もなかなかのシャックリ持ちでした。伝記によると、壮年期の彼はシャックリが起きると、自家用機に乗って空に飛びたち、背面飛行をやってシャックリを治したそうです。

また、フォークナーに『熊』という短篇があって、これは南部の大森林に熊狩りに出かけたハンター達の話です。

その中に、大男の乱暴者がいて、彼はシャックリにとりつかれてしまい、狩場でひっそり待ちかまえる連中の間にいて、hic, hic, hic とおそろしい音を立てる。仲間から追い払われて、治したい一心で、近くの山にいるインディアン部落へ行く。そこにシャックリ治しの名人がいると聞くからです。

ところがインディアン達は彼を税務署員と勘違いして、棒に縛りつけて焼き殺す真似をする――結果として、びっくり仰天した彼から、シャックリが落ちたという話ですが、これは、難解を以てなるフォークナーの作品の中では、最も民話的笑いに満ちた楽しい短篇です。

さて、シャックリが止んだ二日後に、もう一つのことが起こりました。そのころはだいぶ回復していて、そっと身を起こして、腹を片手で押えながら窓辺の椅子に坐れるまでになっていました。

午前、廻診前に若いナースがガーゼ交換に来て、私の腹帯をはずし、腹部の傷の上のガーゼを剥《は》がして新しいガーゼに替えました。その作業を私は少し首をもたげて眺め、それから、自分の孫娘にもなりそうな若いナースの横顔に向かって、

「どうです？　傷の具合」

「とーってもよくついてるよ。これなら明日から散歩できるかもね」

私は笑い出したのです。なぜって、私の突起物はまだビニールのパイプで尿をためる袋につながれていて、どう考えても散歩どころではなかった。彼女の励まし方が余りに突飛に思えて、笑ったのです。

ところが笑った途端に、腹部に激痛が走った。これはまったく不意打ちでした。私は笑った声の下から「いててて……笑わせないでくれ……」と呻《うめ》いたのです。

笑った後ですぐ悲鳴をあげるとは滑稽なことですが、それはともあれ、その時の私は

笑うことと腹の筋肉とがいかに直結しているのか、を知ったのでした。このことに気づいたのをきっかけとして、私の中に一つの考えが動き始めたのです。

2 肚と笑い

君が笑えば、世界は君とともに笑う。君が泣けば、君はひとりきりで泣くのだ。
（E・W・ウィルコックス著『孤独』加島訳）

まず思ったのは、シャックリをした時には、腹の傷が痛まなかったのに、なぜ笑った時には痛んだのか、です。なぜだろうか――どうやらシャックリは、腹の筋肉を動かさないからだ。そうでなくては説明がつかない。もし、シャックリするたびに痛んだら、私はベッドで七転八倒の喜劇を演じたはずです。

シャックリは横隔膜が上に跳ねて胃や肺を突き上げるだけで腹筋の動きと関係ない。こう思い当たったのでした。

それから考えは、笑いのほうに転じました。

そうか、笑いと腹の筋肉とは直結しているのだ。だから笑った時に傷のある腹はあんなに痛んだのだ！　そしてちょっと考えてみると、腹と笑いの関係を示す言葉を幾つも思いだしたのです。

「腹をかかえて大笑いした」

「笑いすぎて腹が痛かった」

「腹をよじって笑った」

——こうした言い方は、日本人が笑いと腹の関係を長いこと実感していたからこそ、出てきたものなのでしょう。腹からの笑いは無邪気な心からの笑いであり、天照大神《あまてらすおおみかみ》が天の岩戸に隠れた時、その前で一人の女神がストリップ・ダンスをやって、そこに集まった神々が大笑いした、あの笑いまでたどれる古来のものなんだ……。

ところで、もう一つの笑い方がある――。

「鼻で笑いやがった」

「せせら笑いをされた」

「世辞笑いばかりして」

こういった笑いは、頭で判断して出てくるのであり、無邪気な笑いではない。頭から出る笑いは、社会が発達して人間関係に敏感になってからのものだ。腹は動かない。

腹からの大笑いは、時には馬鹿笑いに下落して人に軽蔑されるかも知れませんが、とにかく楽しい時の笑いだ。それを愛する日本人は根が明るい国民なのだからでしょう。

「シャックリは腹より上、胸部とつながり」、「無邪気な笑いは腹につながる」という事実を知って新鮮な驚きを覚えたし、この実感をかみしめるうちに、私の意識はますます、「腹」というものへと向かっていったのです。

「腹にすえかねた」

「腹が立って、腹が立って」

「腹が煮えくりかえった」

――こういう言い方があるな、怒りもまた基本的な人間感情だ。怒りの感情と腹の筋肉とは関係があるかどうか、分からないけれども、怒りも大切な感情であり、日本人はそれが腹からくると感じて、あんなふうに言っている。しかし「腹から笑う」とか「腹の底から怒る」という表現があるのに、「腹から泣く」という表現はないようだ、なぜかなと私は考えました。

悲しさも人間の基本感情である以上、人間の腹と結ばれたものにちがいない。ただし、悲しさは、喜びや怒りよりも激しい打撃力を持つので、悲しさが腹のセンターをヒットすると、狂気に落ち込みかねない。その人の全人格が崩壊する恐れがある。この危険を避けようとして、悲しみは胸にとどめたのではないか。

つまり、腹をヒットされないように、シャクリアゲルだけにとどめたのではないか……

思い出していたのは、自分の子を失った母が、悲しさに正気を失い諸国をさまよう、あの、能の「隅田川」に出てくる母でした。そういえば、悲しさに狂乱するというドラマは、古来、劇にも小説にもよくあるではないか。

ところで、中国では古くから、悲しみを「断腸の思い」と表現しています。ということは、悲しみという感情も本来は肚《はら》に宿るのだ——こう考えると人間の基本的感情はどれもみんな、「肚」と直結している——この考え方はこれからの私の話の基調となります。

さらに意志や思いも肚と関係している——実際、肚こそ人格の中心を司るところだ。

「あれは彼の腹の底からの言葉だよ」

「腹を割って話そうじゃないか」

「あいつは腹の黒い男だ」

「腹ん中じゃあ何を考えているのかわかりゃしないよ」

また、「ヘソ下三寸」「肝っ玉」「臍下丹田《せいかたんでん》」といった言葉も、みんな、そこが気力が充実する所だと言うのでしょう。「腹の虫」だって、腹の中で働く神秘な直感力を指す言葉であり、時にはその人を生涯に関わる方向に追い立てたりします。「腹の小さいやつ」はその人の人格の小ささを言う表現であり、言われた人は「腹を立てる」はずです。

　こうしてみると、わが国民は昔から「肚意識」とでもいうものをしっかり備えていたのであり、いわば「肚の文化」といったものがあったと言いたいのです。


　手術は六月でした。伊那谷《いなだに》の家に帰ると、夏になっていました。夏は来客の多い季節でもあり、「のんびりと病後を過ごす」つもりが、そうもいかず、気ぜわしく過ごしたのですが、そんな中でも、私は自分の変化に気づいたのです。

　というのも、手術の前の私はストレスのある仕事が幾つも続き、体の中の神経がギリギリ巻かれていた。ところが手術後はそれが消え去ったのです。腹部にグイとメスが入ったせいで、私の体の不調が去ったばかりか、神経の緊張というトラブルも散らしてくれたわけです。

　私は実感したからこう言っているのです。精神のストレスは、頭にあるのでなくて、肚にある、と実感したのです。それまでの私の考えにはなかったことでした。精神的緊張はいつも頭にたまると思い、それをほぐすには、いつも「頭の体操」ばかりしてきた人間だったのです。ところが、今度の実感と気づきによって、考えを肚に向けたのでした。

3 SEPPUKU

いつたい自殺又は処刑の方法として「腹を切る」と云ふやり方は日本だけなんでございませうな。

（谷崎潤一郎著『当世鹿もどき』）

a

浮かんだ考えの断片は、時間を経て、一つの全体像を結び始めました。「日本人の肚意識」というテーマが、心の中で、少しずつ形をなしていったのですが、私はふと振り返って、こう思いました――「肚」について、七十半ばを過ぎてからやっと気づいたんだなあ。なぜこんなに遅くまで気づかなかったのかな――。

そして、自分が長い間ずっと「ハラ」「腹」「肚」という語感を嫌ってきたのだと、知ったのです。

私は大正の末に生まれて、昭和の初期に育った者です。育った場所は、東京神田で、まだ下町気質が残っていました。

下町の人たちは一般に、精神的な理想や思想を口にしない。もっと軽快で実際的です。威張らずに、平易に楽しむ。それが大きな原因だと思うのですが、私は十代の頃から、どうも「腹を据えてやれ」「腹をでかく持て」「度胸の人生」……といった言い方が好きでなかった。そこに暴力の臭いもかぎつけ、なにか恐ろしい圧迫感を感じたのです。下品なものとも思えた。

十代から二十代には私は日本文学をたくさん読んでいましたから、「腹」に関連する表現は、かなり知っています。

「へその緒を切って以来のこと」

「ほぞを固めて」

「腹に一物胸に二物」

など、数えたてれば沢山ありますが、私はこういう表現を一切、口にしなかった。

自分の頭から追い出したのです。そして、その気持ちは成人後もずっと変わらずにきて、この年になったのです。だから今までは、「肚」とか「胆《きも》」を軽視してきた。

例えば「切腹」について、昔も今も嫌いなのです。「忠臣蔵」は、日本人がとても好きなストーリーです。私もこの討入りの話は講談などで幼い頃から知っていたし、年末の歌舞伎座で義士討ち入りの芝居を見た覚えもあります。

しかし、心を惹かれなかった。四十七人が一斉に腹を切ったことに感激する気持ちは、まったく起きなかった。少年雑誌で、南洋冒険の物語を読んだ時のようなエキサイティングな気持ちとは違って、何一つ感動しなかったのです。

二十代に森鷗外の『堺事件』を読んだ時、本当に鷗外が切腹を美徳と感じているのか、と思って嫌な気がしたし、不気味な気さえしたのです。

『堺事件』は明治維新の時、フランス兵と土佐藩の武士達にいさかいが起こり、フランス兵十三名が殺された。その始末として侍達二十名が切腹する話です。最初は得意満面で切腹を見守っていたフランス人達は続けて腹を切る武士の凄惨な様子に仰天し、とうとうその中止を申し出る。私はむしろそのフランス人達の心持ちに同感する自分を感じ、武士側から冷静に描く森鷗外に、冷酷なものを感じました。

そういえば、谷崎潤一郎も切腹について書いています。晩年の随筆『当世鹿もどき』にあるもので、明治生まれの彼は若い時には忠臣蔵の志士たちに感心したが、今は切腹など思っても身震いが出る、といったことを、かなり長く述べています。

彼はやはり下町の育ちで（私の町内からはあまり離れていません）やはり下町の気質のままに切腹を恐ろしい自殺行為と見ています。私は晩年の谷崎潤一郎の心持ちに同感しました。

ほかにも数々の例が思い出されますが、いずれにしろ、私は「切腹」についてまともに考えたりせず、感性的に嫌って無視してきたのです。

「肚意識」を考えるようになった現在も、私は「切腹」を嫌っています。今もあの行為を肯定する気にはなれない。なぜわが国では、このような自害行為を讃美するのだろうか。

私の求め始めた「肚」とは、切腹の「腹」とは違うものではないか。この点が見えてきたのです。

b

始め、Seppukuは新渡戸稲造の書いた『BUSHIDO』（一九〇〇）から西洋に知られるようになったようです。

いまは英文の中にSeppukuとあり、辞書にものっています。切腹は英訳できない特殊な行為なのです。その点では英文に入った zen, kamikaze, wabi, shibui, tsunami などといった語も同じようにあまりに日本的な特性を持つので、日本原語をそのまま使うしかしようがないのです。「切腹」もその一つです。

とくに「切腹」は外国人に説明しにくい語です——説明すればするほどますます不可解な変な行為だと思われるでしょう。そういえば、私たちも、あえて「切腹」の心理を分析しようとしないことに気づきます。

実際西洋人の眼からみると、「切腹」は実に薄気味悪い行為なのです。いや西洋ばかりか、日本以外の世界の国の人たちも、「切腹」は狂気じみた自殺行為と見えるのではないでしょうか。それほどにこの行為は「特殊な心理」から出たものなのです。

ところが、この特殊で異常な行動を、わが国の人たちは、当然の行為としてきた。奇怪な行動としなかった。むしろ讃えたり感動したりしてきた。このこと自体よほど不思議なことなのですが、私はふと思ったのです。

——ハラキリを異常と思わないのは、根底に古代からの「肚意識」があるからなのだ。

この国の人々は常に人間の感性や意志を腹と結びつける心性なので、それから見れば「切腹」は積極的で、肯定的行為なのだ。

英文からの新渡戸稲造の本の一章「切腹および仇討ち」は、西洋人に向かって、切腹は残酷不気味な自殺ではなく、心の誠意を示す崇高な行為だ、と言って、ひたすら切腹を正当化しています。

西洋から見れば切腹はとても奇怪な風習だと思われましょう。腹をあんな風に切り裂いて死ぬなんて、日本だけに発達した奇習だと言っていい。しかし、どうしてこんな奇妙な死に方がここまで国民の承認や崇拝をうけるものとなったのか。その原因はなにか。

ハラキリは西洋人にとって、不気味で残酷に思えるものだけれど、それが出てきた理由を探って語るとなれば、彼らも納得するかも知れない。英文で西洋人に説く、新渡戸稲造はそれをすべきだった。しかし、なぜあんな方法でするのかの原因は言わずにその方法を正当化するようなことばかり言っています。

仇討ちにしてもそうで、彼は西洋の「眼には眼を」を引用し、「親を殺した者を殺す」

ことを正当化することに熱中しています。せっかく老子『道徳経』の報」怨以」徳（第六三章）「怨みには徳を以てせよ」（英文は to recompense injury with kindness）を引用していながら、すぐに仇討ちの正当化の論に戻ってしまう。老子の言葉の奥にどんな深い意味があるか、全く探ろうとしていない。

ついでに言いますと、老子の「怨みには徳を以てせよ」は、後で話しますが、母意識から出ているのです。だから父意識の新渡戸稲造には理解できなかったでしょう。

老子の報」怨以」徳の徳には、英訳は kindness（親切な心）を用いてもいますが、老子の「徳」は、道《タオ》の現れとしての「自然の流れ」のことです。

怒りや怨みは自然の流れの力 power にまかせれば、次第にとけ去るもの、やがては忘れ去るものだ——こう解せば老子の「徳を以てせよ」の意図が私たちに分かります。

この言葉をどう思うかと聞かれて孔子は答える——「以直報怨」（直《ナオ》キヲ以テ怨《ウラミ》ニ報《ムク》ユル）（『論語』「憲問の章」）「直」（まっすぐなもの）で応じろという孔子の言葉によって、両思想の違いがくっきり分かる面白い点ですが、今は入り込みません。

切腹は男性中心の父権制社会から生まれた、と言いたいのですが、このことはもう少し後に話すことにして、今は、切腹が男の肚意識のこり固まりなのだ、とだけ強調しておきます。

私が手術の後で気づいたのは、笑いと腹との関係です。死と肚への関係ではなかったのです。「切腹」は死の意識につながる行為ですが、「笑い」と腹の関係は、肚と生命につながるものだ――ここからやがて腹から産む母への意識へと考えが伸びていったのです。切腹が死への突きつめた意識なのと比べると笑いは母につながる肚意識であり、もっと深いところに潜んでいるものだ、と思ったのです。そうだわが国民の肚意識には、二つの深層があったのだ、と考え始めたのです。

※切腹――死――男――父――君臣関係――国体・社会――体制・国

※笑い――生命――女――母――愛情――平等――個人

こういう二つの肚意識が私には見えはじめたのです。そして間もなく、C・G・ユングのものの中に、「集合心理」の説を見て、あぁ、これなんだと思ったのでした。

朝顔
詩書画 祥造
平成甲申十月

II

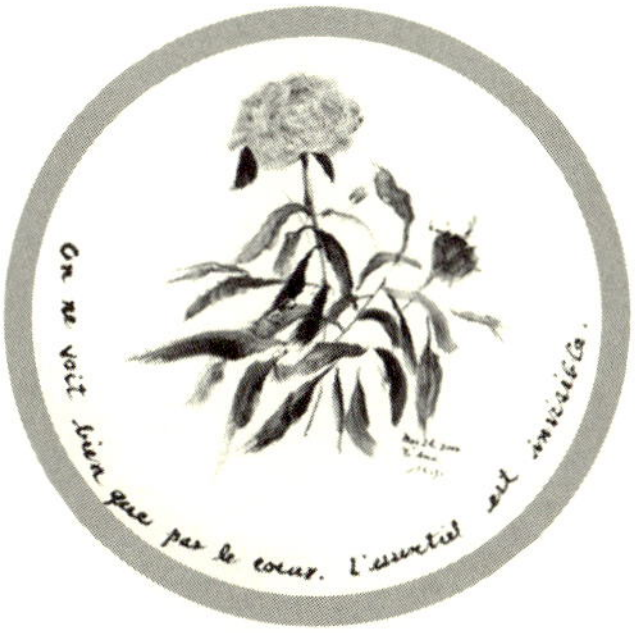
On ne voit bien que par le coeur. L'essentiel est invisible.

4 「考える」と「思う」――ユング、ワッツ、ウェーレー

東洋の精神は、実はわれわれの門口まで来ている。
(デイヴィッド・ローゼン著『ユングの生涯とタオ』)

a 頭と肚

肚について「考え始めた」私は、ここで改めて自分に問い直しました――いったい私たちは肚の働きをどう取っているのだろうか。肚は気力を蓄えるところとか、気力を発揮する場所としているのでしょうか。その気力を発揮せよと指令するのは、肚だろうか。それとも頭だろうか。

「肚」は考えることができる場所だろうか。肚は感じるところであり、考える能力とは関係ないのではないか。「考える」とは頭のすること、脳のすることではないのか。

こう自問してみると、余り確かな返答はできないのです。私たちは「腹が据わっている奴」とか、「腹が小さい人」とか批評するけれども、それは相手の精神力や意志力の強さや弱さを言うのだろうか。それとも考えの深さや浅さを指すのだろうか。私自身、ただ漠然と従来の言い方を受けいれ、使っているに過ぎなかったのです。

私は肚の働きなんてまるで無視して七十七歳まできたわけですが、その背景にはもう一つの大きな原因があったのです。

それは明治以来とても強くなった頭中心の思考習慣です。明治はまず頭で西洋のまねをして、頭を使って、立身や出世を目指す風潮になったのです。思考と行動がすべて頭からくるとしてきた。それを一つの文章で察してもらうことにします――誰でもがそうだと頷《うなず》くような一文です。

「漱石と脳、そしてストレス」

立川昭二

日本人は、比喩的にいうと、明治以前は「胸」や「腹」で考え感じていたといっていい。

日本人が「頭」つまり「脳」で考え感じるようになったのは、明治以降のことである。日本における西欧型近代人の誕生である。その第一走者のひとりが夏目漱石である。

漱石ほどからだのことを気にした作家はほかにいないが、彼がからだの中でもっとも気にしていたのは、目鼻や手足でなく、やはり頭あるいは脳であった。

たとえば『それから』は「代助の頭の中には、大きな俎下駄《まないたげた》が空《くう》から、ぶら下がつてゐた」で始まり、「代助は自分の頭が焼け尽きる迄電車に乗つて行かうと決心した」という結びの一行まで、全編「頭」ということばで埋めつくされている。

ちなみに、私は『それから』の中の身体語の出度数を数えあげたことがあるが、「頭」は「顔」についで多く、「頭」に「脳」を加えると一八〇で首位であった。『それから』の続編ともいうべき『門』においても、頭と脳で一三九、やはり首位であった。

（『文藝春秋』特別版十二月臨時増刊号２００４年）

明治を代表する知識人の漱石がこの通りでした。（そういえば「知識人」という言葉自体、頭人間を指す）この傾向は大正期になると「神経衰弱時代」と呼ぶものをつくり、昭和から現在の神経「ストレス」時代までくる。これは誰も知っていることでしょう。要するに私もその一人だったわけです。

人は頭で考えるものだ、と思いこんで疑わなかった。だからそれしか見えなくて、腹や肚の働きなんて無視してきたのです。

あるいはこれを読む多くの人も、私と同じかも知れない。それほどにこの頭第一という先入観念は広く行き渡っています。まして私は漱石と同じように英文学に入りこんでしまったので、西洋の思考方法にかなり濃く染まってしまったのですから、なおさらです。

あの開腹手術の後、笑いと腹の関係から肚について考え直したけれども、「腹が考える」とまでは簡単には信じられなかったのです。

私は生まれつき知脳型ではなかったし、育ちも、環境も、知脳なども尊敬の風がなかった。家は東京の下町の商家でしたし大家族だったので、私の知的教育なんてゼロに近かった。

小学校では、成績は悪かった。理由は自分の好きな遊戯に夢中だったからです。誰も妨げなかったからです。中等学校でも英・数・国文すべて、並以下の成績でした。だから自分を頭のよい人間だと思わないまま成人した。それからも、自分の好きなものを読むだけで、正規の受験勉強はしなかったのです。早稲田の英文科に入ったのも、当時は反英米の時代で、入る者が少なかったせいです。

少し物を読むようになると、コギト・エルゴ・スムという言葉に出くわしました。十六世紀のフランスの哲学者ルネ・デカルトの言葉で、原語の Cogito ergo sum は「我思う、故に我在り」と訳されています。「思ったり考えたりできるから人間なのだ、考えなければ動物に等しい」という意味であり、「考える能力」は人間の頭に宿っているとするのであり、頭と体とを分けています。

この当時、もう一つの一語もよく目に入ったものです。「人は考える葦である」。これもデカルトと同時代のパスカルの言葉で、人は弱い存在だが、考える力があるのだ！と私は解したし、多くの人々も同じ取り方でしょう。

むろんこの「考える葦」の「考え」も頭の働きとしてのことです。大まかに言えばデカルト以来、この三百年、西洋では、人は頭で考えることのできるものだという人間観をひろげ、行きわたらせてきた。頭と体を分けた合理思考です。

その波が私たちにも及んできたわけです。それは非常に分かりよい人間観でしたし、教育がその方向に人々を導きもした。今や日本でも、西洋でも、大多数の人が、考えるのは頭ですることであり、自分は頭で考える存在だとしています。

こう言ったのも、私みたいに野放図に育ったものでさえ、いつしか頭中心の考えになった、という点を知ってもらいたいからです。時代の勢いの強さです。

だから老年になるまで、私は肚で感じたり考えたりすることを、納得しなかった。

ところで、二十世紀の中頃から、西洋ではそれまでの頭中心の合理主義や科学思考がゆらぎだした——そして西洋の側から、頭思考、合理思考への疑いが出始めて、そんな発言に私も出くわした。肚意識について気づきだしてからは、却って、西洋人のこの方面からの発言に驚いたし、そこから肚のことを納得し始めたんです。

b　カール・グスタフ・ユング

C・G・ユング（一八七五〜一九六一）から知ったことを基にして、私の考えを話そうと思います。

人には意識と無意識とがある。個々人がみなその両方を持つのは、誰もが知っていま
す。そしてユングは、個人の意識と無意識のほかに、さらに集合意識と集合無意識があると言い、この方向――特に集合無意識――について熱心に語っています。

人間の意識と無意識については、フロイト以来多くの人に言われていますから、一切の口出しせずに、できるだけ簡単に、自分の連想から導き出した結論を言います。

ふつうは集団意識とかグループ意識とかいわれるものは、誰も学校や会社などで経験しています。特にわが国では個人意識よりも集合意識のほうが強く大きく働いているとも言えそうです。が、とにかくこの意識は人間には普遍的なものです。どこの社会にもある、と認識されています。

しかしユングのいう集合無意識のほうは、一般にははっきり認識されていない。私にはそう思えます。例えば今度の大戦ではほとんど国民全体が戦争に向かった――特に男は兵士となり、その中の三百万人が戦死している――なぜ今から見れば狂気に近いこんな行為に人々はかりたてられたのか――それは集合無意識の働きだ――ユングはドイツ国民が

ナチスにかりたてられたのもこの集合無意識の働きからだとしています。個人はその集合体につくすロボットとなるわけです。

集合的意識が優勢になりすぎると、全体の中に個人の責任が見失われ、「元老院議員は良徳の士なれど、元老院は野獣なり」という状態が出現します。こうなると、個性的なものは窒息させられて無意識の領域に入りこみ、原則的に悪、破壊的でアナーキーなものに変身する、というわけです。

（氏原寛著『ユングを読む』一一七頁、ミネルヴァ書房刊）

もっと多くの説明を加えないと、明瞭にならないでしょうが、今はここから、私の連想したことに移ります。

——意識が頭につながるとすれば、無意識は腹につながる。個人の無意識は腹から母につながる。しかし個人が集合無意識にまきこまれると、それは母ではなくて父につながるのだ――。

こんなふうに連想したのです。そして切腹という行為は、父↓集合体↓無意識↓死とつながる方向なのだ。「肚」からは、母↓個人的無意識↓命へとつながる方向となる。肚意識には、この二つがある、と思うようになったのです。

この二つは一人の人の内にあり、両方のバランスがとれていると、体全体が健全に動く。しかし自分の属する集団への意識がうんと強くなると、個人的無意識が窒息する。

――忠臣蔵の四十七士だって、肚につながる個人的無意識では、生きたかったに違いない。士（さむらい）をやめて家族と一緒に田舎暮らしをしたかったかも知れない。母親の面倒を見てやりたかったかも知れぬ。だが彼らは復讐するという誓いに加わったのだ。それで彼らは、強化された集合意識に呑みこまれる。いわばその人の魂を奪ってしまう――。

私は、「父の肚」と「母の腹」と二つあると思いついたのですが、この点については、後の章でやや詳しく話したい。ここではただ「父の肚」とは父権制社会になってから発達した意識と無意識であり、「母の腹」はそれ以前の母権制社会から伝わってきたものだと言うにとどめます。

私は切腹が善いとか悪いとか言うのではないのです。そのように集合無意識につながりかねない私たち自身を、自覚したいだけです。その自覚があれば、個人意識が失われない。自分の内にある「父の肚」と「母の腹」が、どんなバランスを保っているか――それを自覚することは、時には大切なのだと思うのです。

私は「老子」に深入りした後にスイスの心理学者C・G・ユングに心を惹かれました。この「考える頭」について、ユングの「自伝」に語られた挿話は興味深いものです。

一九二四年、四九歳のとき、ユングはアメリカへ旅行し、ニュー・メキシコにあるタオス・プエブロスを訪れた。（……）彼はタオス・プエブロ・インディアンの族長と知り合った。名前をオチウェイ・ビアノ（マウンテン・レイク）といった。その族長は白人について見解を述べた。(……)「見るがいい」とオチウェイ・ビアノは言った。「白人がいかに残酷に見えることか。唇は薄く、鼻は尖り、顔は深いしわでゆがんでいる。じろじろと見つめて、いつも何かを求めている。いったい、何を求めているのか。白人たちはいつも何かを欲している。いつも落ち着かず、じっとしていない。われわれには、彼らの欲しているものがわからない。われわれには彼ら白人がわからない。彼らは気がふれているのだと思う。

ユングはマウンテン・レイクに、どうして白人がすべて気がふれていると思うのかと尋ねた。「彼らは頭で考えると言っている」と、彼は答えた。ユングは言った。「もちろんそうだ」。そして、面くらいながら訊いた。「あなたたちはどこで考えるのか」。族長は心臓を指さした。

つまり、マウンテン・レイクはユングに鏡をつきつけたのだ。（……）ユングは心の中でこうふり返っている。「私は長時間、黙想した。生まれてはじめて、真の白人像を描いて見せてくれた。そう私には思われた」。

（デイヴィッド・ローゼン著、老松克博監訳、串崎真志他訳『ユングの生涯とタオ』一四二―一四三頁、創元社刊）

ユングの驚きは、非常に大きかったと言ってもよいでしょう。そのことに私は驚くんです。というのはユングほど頭の意識ばかりか深い深層意識をさぐり霊の力を見つめた人が「胸で考える」と酋長に言われてどうしてこんなに驚くのか、と私は思ったからです。普通の西洋の知識人だったら、酋長にこう言われても、おやそうかね、でも自分たちは違う、と思うだけでしょう。しかしユングなら、むしろ酋長の言葉に同感し同意し、頷くはず、と思っていた――それなのにユングが驚いたので、私は意外だと感じたわけです。

一九二四年、四十九歳の時、ユングはこのアメリカ旅行でマウンテン・レイクに会ったのですがその翌年、五十歳の彼は、かなりそれまでとは違った視点を取り入れはじめたようです。『回想のユング』（ユング心理学選書⑭）の中に次のような記述があります。

演台に寄りかかった彼は、私たちを叱責したものである（私たちのためを思ってのことではあろうけれど）。「あなた方アメリカ女性は、すべてここで物を考える（と言って、彼は鼻梁をつまんだ）。腹で考えることを知らねばならぬ。」

（F・イエンゼン、S・マレン共編、藤瀬恭子訳、『回想のユング』四三頁、創元社刊）

しかし、ユングはやはり、考えるのは頭（脳）でしてゆく——その働きと信じて疑わなかった人であり、やがて彼は、余り東洋的思念に深入りするのは危険だと言っています。

『ユングの生涯とタオ』は次のように語っています。

それゆえ、ユングが取り組まなければならなかった対立し合うもののペアの一つは、頭で考えることと、心臓《ハート》で考えることとである。ユングは頭で（知的に）考えるタイプであっただけに、これはたやすい芸当ではなかった。実際、二〇年もかかって、しかもかろうじて絶命を免れた心臓（および魂）の発作に襲われて、やっとユングは、マウンテン・レイクの語った智恵の言葉をタオイスト流に実現できたのである。つまり、その族長がしたように心臓《ハート》で考えたのだ。

（『ユングの生涯とタオ』一四三頁）

もう一つ、西洋人が「頭中心」の思考をしている、とよく分かるイメージを引きます。二十世紀のアメリカで禅とタオイズム（道教）について広く解説したアラン・ワッツの言葉です。ワッツは現代の西洋ではいちばん明確に、「頭の人間観」の欠点に気づいた人の一人です。

c アラン・ワッツ

（われわれ西洋人は）私と言う時「頭」が体《ボディ》の中心だと考えている。しかし他の文化圏では、別の場所を体の中心だと感じる。ある文化圏の人々は体の中心を太陽《ソーラー・》神経叢《プレクサス》だとする。中国語のシン、（心）は胸のまん中を指す言葉だ。しかし西洋人はほとんどが自己（ego）は頭の中にあるとし、頭の中心に自分があって、それに体の他の部分がブラ下がっているように思っている。自己（エゴ）は頭蓋骨の中の両眼と両耳の間あたりに、どっしりと坐っていて、監督の役をしている。その監督は耳というイヤホーンか、目というスクリーンを用いて、いつも見張っている。その前には大きな計器盤があって、たくさんのダイヤルが並んでいる――それらは体の部分とつながっていて、向うの情報をキャッチしたり、こっちの命令を伝えたりしている……。

（『THE BOOK : on the Taboo Against knowing who You Are』Alan Watts 著、加島意訳）

この一節でとくに面白かったのは、「私というエゴが頭の中心にいて監督している」というイメージです。「私」という頭が計器盤のダイヤルをあちこち回して体の五官を操っている――このイメージには、頭中心の西洋人の人間観がとてもよく現われています。しかしこれはまた、今の私たちも持つイメージでもある、と言えるのです。頭思考が中心であり、なかなか腹の方向へ目を移そうとはしない。それが現実だしとくに今、機械仕掛けの情報摂取が盛んとなって、頭を思考機械ととる人が多くなっている……。

d アーサー・ウェーレー

三つ目は、英国人、アーサー・ウェーレーの言葉です。彼は東洋学者です。『論語』の英訳『Analects of Confucius』で、「思」ssu という字をとりあげて、ほぼ次のように言っているのです。

thinking（考える）ということを中国人は、体で感じる具体的な働きとしている――このことだけからみても、どうもssu（思う）という漢字を英語のthink（考える）と訳するのは正確でないようだ。ssu（思う）はto think（考える）と同じではない。中国人はthought（考え、思想）を体の中央（the middle of the body）での働きとしている。われわれ（西洋人）は、考えをhead（頭）の中でするとしている。だから自然に、to think（考える）のはhead（頭）の中でするときめこんでいて、腹の中でするとはけっして考えない。

（『The Analects of Confucius』Arthur Waley著、加島意訳、以下同）

私はイギリス人のアーサー・ウェーレーに漢字の二語――思と考――の違いを教わったわけです。「学問に国境はない」とはよく言われることですが、こんな例もあるのです。

とにかく私は、――なるほど、そうか、「思う」とは体の中央ですることなのだ――とウェーレーから学んだのです。

この少し先で、ウェーレーはこうも言っています――。

漢字の〝思〟ssuは、外側から入りこんだ印象を押えこむ注意力のことであり、この注意力はどこで働くのかといえば、それは腹のまん中（in the middle of the belly）だ――このようにとると、『論語』の〝学ビテ思ワザレバ、罔《クラ》シ、思イテ学バザレバ危ウシ〟という言葉もよく理解できるのだ……。

原文は、「學而不思則罔」とあり、次に「思而不學則殆」と続きます。（『論語』為政第二）この同じ章には思無邪（オモイテ邪《ヨコシマ》ナシ）とあって、いずれの「思」も、頭ではなく心（胸）か肚での働きをさすでしょう。注解では「思」を「感情の純粋さ」としています。「思い」を感情と解しているようです。

ウェーレーはたぐい稀な鋭い語感を持つ人で、その彼が、漢字の「思」は腹の中での働きを指すのだと言うのを知って、私は、実に古代中国ではすでに、思考の中心を腹と胸に置いていたと知ったのです。

ウェーレーの言葉をもう一つ引いておきましょう。

一般に西洋は ssu「思い」の一語が **thought**（考え）と訳されている。この **thought**（考え）は理屈で人を説きふせる方法だといえる。それで「考え」を述べるには、「それだから」とか、「なぜなら」といった接続詞をたくさんつけて、理屈の議論をすることだと思いこんでいる。ところが「論語」のなかにはこんな接続詞でつなげた理屈なんかひとつもないのだ。

C・G・ユング、A・ワッツ、A・ウェーレー、――この三人は、西洋文化が二十世紀にうんだトップクラスの知性と感性と視野を持つ人たちです。固定観念に囚われない柔らかな知性と感性を持って、西洋文化を越えて――潜《くぐ》って――東洋圏に入り込んだ人たちです。

私は却ってこの三人から、東洋文化の深い精神を教えられました。東洋人である私が西洋の知性人たちから、自分の文化を教えられた――これは現代の世界が国境《ボーダー》を越えて伝達《コミュニケイト》しあうようになったからで、私もその恩恵にあずかったのでした。

The soft weak
the supple and the delicate
are companion
of
Life.
Lao Tzu

5 心は流動する——タオイズム

気があらゆるところに充ちていれば、「こころ」もあらゆる場所に存在する。
（石田秀実著『気・流れる身体』）

ユング、ワッツ、ウェーレーという西洋の三人の高い知性人は、このように「頭思考」だけでない方向に意識を働かせたのですが、しかし三人とも「腹で考える」ことを本当は実行しなかったようです。私もその点では同じです。「思考する」とは頭ですることだ、という思いから離れられずにいます。ただ、頭思考が全てだとは思わなくなってきた——

肚の働きを無視できなくなった――そういう心の動きを自覚し、その自覚が強まったのです。

「心は流動体である」という観点に出くわしたのは、術後二年ほどしてからです。この思想に出くわした時、不意打ちされた気がしました。「心は頭にある」と思いこんだり、胸にある、と思ったりしてきたわけですが、「心」は流動体だ、と言われて、一度にそれまでのあやふやな先入観念を改めたのです。

この思想は、『気・流れる身体』（石田秀実著、平河出版社刊）によって知ったのです。この本は細かに道教（タオイズム）のことを語っていますが、ここでは、私にとって大切な点だけを話します。

道教（タオイズム）の人間観は、そのベースとして、まず、身体は流動体《リキッド》だとするところから始まります。言われてみれば頷くことばかりですが、体の八十パーセントが水でできていて、その水や血を包むのは薄い皮膚《スキン》であり、その中を水と血が瞬時も休まず流れ動いている――それで身体は流動体だとするのは、なんの不自然さもないことです。

私は「そうか」と思い、「流動する身体の中に〝こころ〟はあるのだから〝こころ〟だって〝流れ動くもの〟だ、〝こころ〟は身体全体を流れ動いているものだ」と言われて、私ははっとしました。

そしてさらに、そこからでる新しい見解にも、納得する心が動きました。

――肉体は流体である。その流体の中に心がある。「こころ」自体が流体である。だから、「こころ」が身体をコントロールしているのでなくて、身体がこころをコントロールしているのだ！　体を流れめぐる働きは「気」なのだ。そして「気」は肚を中心にして、めぐるのだ！　身体と心は循環的・相補的にコントロールしあうものだ。意と志は体を静め整えることをするが、この心を静め整えるのは身体《からだ》のすることだ。この両者のいずれが真の自己であろうか、と問う時、「こころ」と「からだ」の両方、心と流体の集合体が自己だと呼ぶしかあるまい――。

なによりも納得したのは、「こころが身体全体にあらわれる」ということでした。「目は心の窓」とよく言われるし、怒ったり悲しんだりした時、または驚きに打たれた時、それが体のどこにどう現われるかを、私たちは実感しています。恐怖にとりつかれた時、どういう反応を体が現すか、愛を深く感じた時はどうか……などを思うと、「こころ」が体中を流動していることがわかるでしょう。

ただし一般の西洋人はこれさえ個人の脳の支配ととるはずです。アラン・ワッツが描いたように、脳の中には「自己」（ego）が居すわり、監督者（controller）であるエゴが命令を出して体のあちこちを動かすのだとするでしょう。この「個人」という自己が流動体であるとは、西洋人には実に受け取りにくいことにちがいない。

しかし流動体だと認識すると、「こころ」がなぜあのように千変万化してゆくのか、よく分かります。「こころ」が「からだ」によって支配されることも、肯ける。西洋人が「からだ」の力から「こころ」を守ろうとして努力した歴史も、却って鮮明になってきます。西洋文化に基づいて考える人は「こころ」と「からだ」が共に流動するなんてどうしても思えない。

そういえば私たちの使う「心」という言葉は、知・情・意を含んだ広い意味のものです。そのどれが動いても、「心」の一語でまかなう。「彼の心は動きがにぶいねえ」と言えば、心は知力を指すし、「あの人の心は温かい・冷たい」と言えば情念を指すし、「あいつは固い心をもっている」となれば意志を指す。

このようにわが国では、「心」の一語は多様に使われていて、私たちはそれで不便を感じない。英語では知性をmind、感情をemotion、意志をwillとほぼ使い分けています。

私たちが「心」の一語で知・情・意の動きすべてに使うのは、直観的に心が流動体だとしているからではないか。こうとれば分かる気がするのです。心が頭にある時は知力が働き、心が胸にある時は感情が働き、腹にある時は直観が働く、となるからです。

ところで、「心」が流れ動くものだとして、いったいこの流れ動く「心」そのものは何か——。

これが私には分からなかった。いや、今でも、はっきりは断定できないけれど、一つの方向が見えていますので、それを次に述べます。

――そのように流動する心は頭・胸・腹などを流動して働くけれども、「心そのもの」は一つなはずだ。「心の実体」とは何か――。それを「気」であるという説は知っていました。そして、「気は丹田にある」という。これも十分に頷ける見解です。

しかし丹田にある気は胸や頭にどう働くのか？　このように流動する心の実体、たえず変化し流動する心そのものは何か、このように自分に問い詰めた時――それは「命」なのではないか、という答えが浮かんだのでした。

命というものは、その人の体全体をへめぐり、行き渡っている。それは体の中を流動して活動する神秘な力であり、身に危険を覚えた時、命は頭に、胸に、肚に司令する。それに応じて頭・胸・肚が命を守る行動をする――それが「心」の根元の働きだ、人間のあらゆる行動行為は自己の命を守るためのものだ。

人の心とは、その人に伝わったいのちの命令に従って働くのであり、またその人から次の人へ伝わるものでもある。そして、それはさらに、天地に普遍して動く宇宙エナジーにつながる。そのエナジーを老子は「タオ」と言った。私たちが本当に自分の命を愛する時、それはこの「大きな命」につながるのだ。心とは自分の命を守ろうと、いろいろ反応するエネルギーだ、頭で、胸で、肚で――。

6 自我と肚——デュルクハイム

肚は生を照らす光に向かう門を開く。

（C・F・デュルクハイム著『肚』）


これまで見てきた高い知性の西洋人たちは、頭思考の限界を「頭で」とらえた、という傾きがあって、それは私自身の思考の限界でもあったわけです。

ところがもう一人西洋人に出くわしました。

カールフリート・ガルフ・デュルクハイム伯爵といい、一八九六年（明治二十九年）

にドイツに生まれ、戦争前の日本に十年ほど滞在し、一九八八年に九十歳でスイスで亡くなっています。著書の一冊『HARA——Die Erdmitte des Menschen』（一九六七）が、『肚——人間の重心』という題で訳されています。

戦前にすでに西洋の人で日本人の「ハラ」に着目した人がいた！ と知って私は驚ろきました。

そういえば、同時代にもう一人、オイゲン・ヘリゲルがいます。同じようにドイツ人の哲学者で日本文化にじかにタッチした人です。彼の著作『弓と禅』（一九四八）では、ヘリゲルが自分の弓術修業の経験を語っていて、そこが面白かった。しかし、彼は腹については一言も言わないで、「剣禅一致」というような境地を彼なりに探っています。

デュルクハイムの『肚——人間の重心』は日本人の「肚」について実によく観察し、考察していて、このように思いをめぐらせた日本人はいなかった、と私は感じました。

で、これから少し、この本の中で私が共感した句をあげつつコメントを加えます。

肚に関する知識は、日本人にだけ当てはまることではなく、人間一般に対しても意味をもっている。

（『肚――人間の重心』二九頁。下程勇吉監修、落合亮一他訳、麗澤大学出版会。以下、引用は同邦訳書より）

ここなのです。私も根本にはこの着眼点から考えたいのです。「肚」の意識は日本人の独得のものでなくて、人間一般の持つものなのだ。それなのに、私たちは「肚意識」をわが国特有のものと思いこんできた。デュルクハイムは「肚」意識を人間一般にとって大切なのだとして、だからこそ綿密に考察してゆく。私もこの態度で「肚」のことを考えてゆこうとしているのです。

西洋の生活形式はその豊かさの限界にきている。合理主義の知恵も終りにきている。人間は、本質発見と意味づけの新しい道を開拓しないかぎり、内面的にも外面的にも、どうしようもない状態に投げ込まれている。（二七頁）

この最初の句「西洋の生活形式は……」のところを「日本の生活形式は……」とすれば、彼の言っていることは、今の私たちにもよく当てはまります。今や私たちも、生活の豊かさや合理主義を主にしています。それは五十年前に西洋人が西洋について考えた限界にいるのであり、それは今、私たちの問題なのです。

日本人にとっての肚の意味は、人間の中にある生の根源的中心を体得し、意識して提示すること（……）。（三七頁）

デュルクハイムは、ここに着眼して西洋文化のために取り入れたいとしたのです。しかしむしろそれは、私たちが再出発すべきポイントかと思うのです。このデュルクハイムの本は戦前の日本人について言っているのです。

意志と感情と知性が肚に「入っている」ときには、意志も感情も知性もその人に逆

らわない（……）。（五五頁）

西洋の人は肚について、こういう言い方をするのです。そこが私には面白いし、共感するのです。意志と感情と知性を大切にしつつそれを綜合する「肚」としてその働きを認める――こういう態度を、日本の精神主義は持たなかったのです。

（侍の場合は切腹といい、町人の場合、腹きりである）。日本人にとってはそこが、本来命のあるところである（……）。（九六頁）

セップクについては前に私が考察したところを思い起こして下さい。デュルクハイムは私のしたようには解さないで、ごく短かな言葉だけに終わっているのです。

a　頭と心臓、理性と精神―自我―これを上部とし、天につながる。

b腹、肚―無我―これを下部として、根源的生命、そして大地につながる。このように語り、

真に精神の空に舞い上がる前には、大地の中心へ下ることが必要である（一〇一頁）

と言う。

ここは日本では考えなかった領域への展開であり、今の私には非常に面白い。彼がこう言う時、私はすぐに老子のタオイズムを想起しました。前出のbの「根源的生命」とがつながるのはタオのエネルギーであり、その天地に満ちる生命力《エネルギー》を肚で感じると、とらえるからです。

頭には知的情報《インフォメーション》が蓄えられ、肚には体験が蓄えられる。この二つの蓄積のバランスが生じた時、タオ的な全体人間となるわけでしょう。デュルクハイムはこうも言うんです。

「上部」に集中した自我の傲慢さをすっかり洗い流した人がこの地上としっかり結ばれて（……）あの謙譲な姿が表現されている。（一一三―一一四頁）

これは面白い言葉です。ほんとに謙遜した人は、この意味で威厳を帯びてくると私は思うのです。

自我と肚の関係をどう理解すべきか（……）。（一三四頁）

この言葉はとても大切な問題を提出しています。私たちは自我と肚の関係をすっかり見失なっているので、分かりにくくなっていますが、肚への意識に目覚めた時、何よりも気づくのは、それまでの自分が自我意識だけだった、ということです。

例えば、自分の所有欲は自我からくるけれど、自分の存在意識は肚にあるのです。

デュルクハイムはこのように、心→心臓、精神→頭、自然→肚を対応させています。

前個人意識↓個人意識↓超個人意識という系列も示す。こういう図式化は西洋的な秩序好みから出るもので、この考え方自体、肚意識から脱落する危険がありますが、しかし一度はこのように秩序立てて、肚の働きを知的に把握することが大切だと思うのです。この方向はわが国の肚の考察に一番欠けているところです。

「本性」というのは、あらゆる事物の偉大な母親、女性的なもの、母性的原理として理解され（……）。（一六五頁）

すべての新生はいつも下腹部で始まり（……）。（一六九頁）

ここで言う本性とは、禅でいう「真我」のように、自我の生じる以前の自分に備わったもののことでしょう。それが母性につながるものだ、とする。そして、自然と母と肚と新生——このつながりもデュルクハイムの視野に入っているのです。これはタオにつながる道にほかなりません。
そしてここから次の言葉もでるのです。

人間は肚が大きくなるに従い（……）自己自身で優しさといったものを発散するようになる。（三〇三頁）

これはすばらしい言葉です。デュルクハイムは「肚」を通して人間を理解した結果、人間の本性はいかに柔らかに働くものかを語っているのです。しかしデュルクハイムはこれ以上に出ない。ここから人間の優しい在り方を説こうとはせず、やや抽象的な言い方に終わっています。

肚は人間に、まさに個人的ではない万有の愛の幸運と実りを説き明かす。それは個人と個人の関係である愛とは異なるものである。（三〇六頁）

この本は、私たちが感じているけれど表現しえなかった点を、たいへん明確に説いていて、幾度も私を肯かせました。

このころは日本でも「腹」や「肚」について書いた本がかなり出ていますが、ここまで深く考えたものはないようです。

しかし、彼は、やや男性中心の見方をしていてそれが私にはやや、不満足な気持ちをも起こさせました。肚と母と愛との関係をもう少し深くから説いてほしかった。

どんなエロティシズムや性愛の中にも、日常の自我世界意識の壁を打ち破り、身についた自我の殻の限界を超えさせるある種の超越的価値が含まれている。（一七八頁）

このように、性愛の面をこむずかしく言っているだけです。

デュルクハイムはやはりドイツ貴族であり、男性的資質の高い人だったのでしょう。

肉体の中心にある生命と性の働きを、自己の体験から語ろうとしていません。この本には個人的な経験を語る所は全くないのです。肚について、ここまで考察をした人なのに、彼は「腹を割って」話していない。それが惜しい。

このドイツ貴族は、どんな日本女性からハラ意識を開眼させられたのか。私はふとこんなことを空想するのです。

それというのも、男性が「愛の肚意識」に開眼するには女性が要る、と私は信じているからです。デュルクハイムが、「肚からは優しさ」が生じると言った以上、彼は日本の女性からその実感を得たと思いたいのです。そこらあたりを、彼が「腹を割って話してくれたらよかったのに」と思う。

さてこのように言った以上、D・H・ロレンスについても話す順となったようです。肚を母――女性――性との関係から二十世紀に率直に表現した作家は、私の知る限りD・H・ロレンスなのです。

7 太陽神経叢——D・H・ロレンス

親の愛の回路は、ひとたび成立すれば、断ち切られるものではなく、沈黙のうちに確立しているのである。そして子供は自由となって新たな連繋を結び、この連繋によって親を越えて進むのである。

（D・H・ロレンス著『精神分析と無意識／無意識の幻想』）


これからロレンスのことを言うのですが、実際の順序はロレンスが一番早くに私の心に浮かんだのでした。

手術の後に肚のことを考え始めた時、私は病床日記に、「D・H・ロレンス——Solar Plexus」と書いています。言いかえると、肚の働きについて丹田とかチャクラではなくて、まずソーラー・プレクサスを連想したわけです。そのほかのことは知らなかったからです。ソーラー・プレクサスのことしか思い浮ばなかったのです。

それというのも若いころ、D・H・ロレンスをよく読んで、彼の本でこの「**Solar Plexus**」の説を知ったからです。

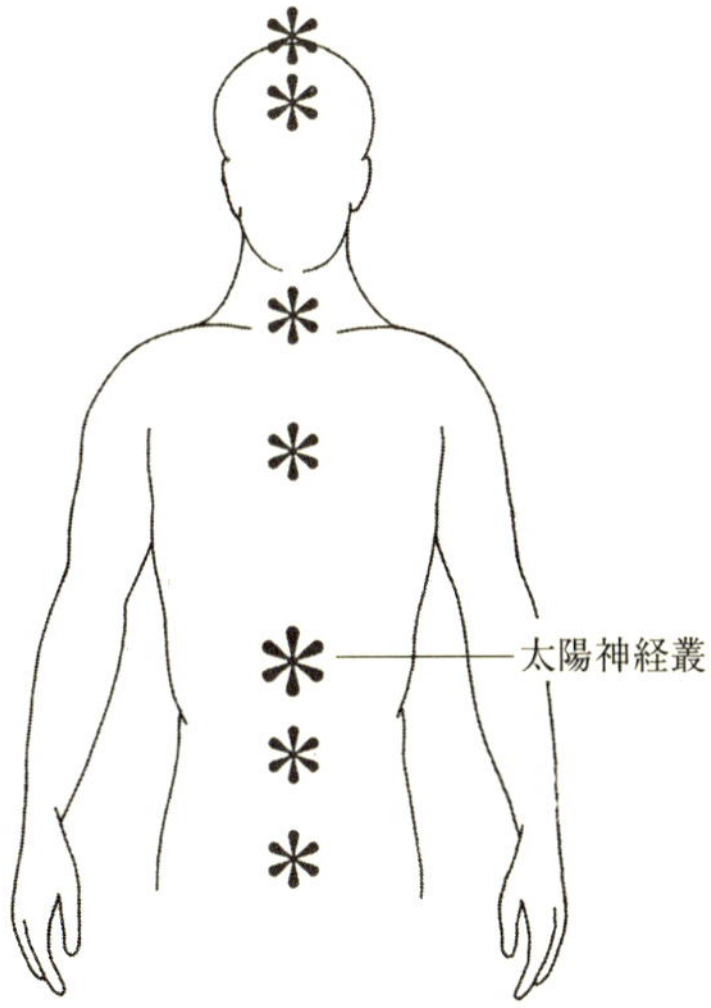

太陽神経叢solar plexusの図

思いついて、四十数年前のノートを取り出してみました。すると、ロレンスの二冊の評論『精神分析と無意識』『無意識の幻想』について、かなり綿密に書きこんだノート・ブックを見つけました。私は思わず呟いたものです。

「そうだ、あのころ、もうソーラー・プレクサスのことを学生たちに話していたんだ。しかしあのころはそれが東洋の肚とどう関係するのか、まるで分からなかったんだ。」

あのころとは、私が三十の年に、信州松本で教師を始めたころのことです。東京育ちでしたが、二十代の終わりにアメリカへ留学し、帰るとすぐに信州大学に赴任しました。当時の私は、T・S・エリオットとD・H・ロレンスを、かなりよく読みました。始めはエリオットの詩と評論に集中し、彼の西欧の精神伝統論に傾きましたが、やがてロレンスに強い興味を覚えました。

D・H・ロレンスの説に心を惹かれたのは、彼が、西洋文化の頭（科学・物質性）と胸（精神性）に反発した作家だったからです。彼は知性以前の根源意識として太陽神経叢 Solar Plexus を讃え、それは人間の腹部にあたるところだと言っているのです。

ロレンスの評論とは、『精神分析と無意識』（一九二一）と、『無意識の幻想』（一九二二）の二冊で、今度再読してかなりよく分かりました。四十年前の私は世間並みの常識と頭意識でいたので、分からなかった部分が、肚意識から読むと、読みとれました。

ロレンスは幾度も繰り返して「知性以前の根源意識としての太陽神経叢solar plexus」を言います。

哺乳動物においてはすべて、初発の・建設的な・意識と活動は腹部の前面中央部に、臍の下に、太陽神経叢と呼ばれる大いなる神経中枢に所在する。

（『精神分析と無意識　無意識の幻想』三七頁、小川和夫訳、南雲堂刊。以下、引用は同邦訳書より）

ソーラーは太陽のことです。太陽は「天にある唯一のもの——sole being」であり、それは「中心」という意味でもあります。plexusは「入り交ったものの固まり」であり「叢」（くさむら）の状態です。ここでは体の中の神経がこの状態であることです。解剖すると神経繊維がここに集中しているのを認める、とのことです。

ところが「チャクラ」も「肚」も科学的に証明できない。チャクラと言ったり肚といっても、その存在を証明できない。太陽神経叢はそれができるものです。

ロレンスはヨーロッパの文化が、今まで、太陽神経叢でなくて、胸部神経叢にばかり傾いていた、と言うのです。胸部は科学的論理（ナショナリズム）と宗教的倫理精神（スピリチュアリズム）の働くところであり、その結果、ヨーロッパ人は貧血化した。もっと生命中心の太陽神経叢に戻るべきだ。ロレンスはこのことをひたすら強調して、この二冊の本を書いたのです。

三十代でこれを読んだ時の私は、科学的思考やヨーロッパ的精神主義を第一に考え、それがヨーロッパ文化を形作ったのであり、最高の文化であり、その創った文芸は最上のものと思っていたから、ロレンスのこの新しい考えが、魅力はあったが理解できなかった。

その当時の世界中の知識層もそうでしたから、ロレンスのこの二冊の小著は、無視されてしまった。今でさえ、一般の人たちには、胸部神経叢や太陽神経叢といった用語にはなじんでいない。それほどにロレンスの主張は珍らしかったのです。

あの頃の私は太陽神経叢を私たちの腹（肚・丹田）と結びつけませんでした。ただ、西欧文化の中での、精神主義への反発説だと取ったのです。

今度私が、病院で肚の働きについて考えた時にロレンスのソーラー・プレクサス説を思い出したのは、肚につなげて考えたからです。

これから私はこの二つの評論のうちの大切なポイントを話します――当時は分からなかったのですが、肚意識からみて分かったことです。


私が病院でシャックリを始めたのは横隔膜の働きのせいでした。次に、笑った後に激痛を覚えたのは横隔膜の下の働きだった。その二つの経験から、悲しみは胸部に、笑いは腹部に関係している、と思ったわけですが、私の思考はそのあたりに止まっています。しかしロレンスはこの「横隔膜」の上と下での働きをもっと深くからとらえています。

親子の愛は腹にあり、男女の愛は胸にある、だから横隔膜の上で働く愛と、下で働く愛はちがうと彼は言います。私は以前には、母（親）と子の愛と、男と女の愛とは、どこに違いがあるのか考えたりしなかった。

ロレンスは次のように言っています——。

太陽神経叢からまず最初に、子と親たちとの間に生気に充ちた交通が起こる（……）これは偉大にして微妙な相互作用なのであって、この相互作用によって子供は肉体的にも精神的にも育てあげられるのである。腹部のこの根元的意識中枢に駆られて、子供は母を求め、乳房を求め、盲目的に口を開き、乳首を探る。精神の導きではないが、導き手のあることは確かだ。この導き手は、太陽神経叢なる闇《くら》い知性《プレマインド》以前の中枢なのである。この中枢によって子供は求め、母は識る。健康な理性的な母親の、真の無心の姿のゆえんはここにあるのだ。考える、——知的に識る、必要などは彼女にはない。母親なるものは偉大な腹部の生命中枢で深く強く識るのである。（一一六頁）

ロレンスは腹部の太陽神経叢にある愛をまず甦らすために戦った。それを胸部神経叢の愛と結びつけ、全人的な人間の復活を願った。彼はこのことを詩と小説で熱烈に説いたのですが、しかしそれは、当時の頭意識中心の西欧人には理解されなかった。むしろ非難や軽蔑の渦にかこまれたと言えるでしょう。

そしてこの（中枢の）所在は生まれない前の子においてはどこにあるのか。臍という燃える流入点の下にである。成人においてはどこにあるのか。やはり臍の下にである。根源の情動中枢としてそれは神経系の太陽神経叢（solar plexus）の内部にある。（三七頁）

横隔膜はじっさい人間の身体を、有機体として分つだけではなく、精神《プシケ》的にも分つのである。（五〇頁）

胸部の大いなる交感神経叢は心臓の知性（heart's mind）である。（五三頁）

ユングはアメリカインディアンの酋長に会って、頭でなく胸で考えると言われて驚愕するわけですが、ロレンスは、頭よりも胸、胸よりも腹部中心の生命観に気づいていたのです。やがて彼はアメリカのニューメキシコに住んでインディアン達の小説も書きます。

彼はその点でごく東洋的な自然哲学を持った稀な人だったのであり、あの当時の私は、それが西洋的な表現で痛烈に語られているのに共感したのでした。しかし私はまだ、彼のソーラー・プレクサス主張が東洋の肚意識と強く結びつくものとは気づかなかったので、ロレンスを一人の特異なイギリス作家と考えるだけに終わったのです。

しかし不思議と彼のソーラー・プレクサス説は記憶に残っていたので、四十年後に、腹の手術から肚意識を考えた時に、まず始めにこの語を想い出したのでした。

どうやら「ソーラー・プレクサス」の一件は私の「肚に」入った記憶なのでしょう。肚に（腑に）落ちた記憶はいつまでも残るものだ、と改めて感じています。

Ⅲ

求めない――それは他人に
求めるなと自分に
求めることだ　そして
内なる自分は無尽蔵
なのだ　なぜならそれは
Taoにつながっているからだ

8 肚とタオ——老子

あの母の力が君のなかに深く根をおろしたら
君の命は限りなくつづく道につながるのだよ。
（加島訳『タオ—老子』）

私はこのように五人の西洋人の言説や観察から次第に肚の働きについて納得し始めたのですが、その先で道教の「心は流動体」という考えにゆきついたのでした。

西洋では道教と老子思想を一緒にしてタオイズムと言います。実際は一緒にすべきではないようですが、私は「老子」も外国種（英文）から知ったのでした。それは開腹手術より七年前のことです。そして『タオ―ヒア・ナウ』を最初として、以後、いくつか老子について本を書いたのですが、これまでの私は、老子の「宇宙意識」や「根源意識―玄《げん》―一元―空観」などの方向に心を向けていたのでした。老子の形而上哲学の方向です。「優しさ」や「柔らかさ」という老子独得の視点は眼に入っていたのですが、やや表面的にとらえていました。

ただ、それでも、なぜ老子が「優しさ」や「柔らかさ」を説くのか、と不思議に思ったものです。

思想を「優しさ」や「弱さ」の価値から語る思想家や哲学者はなかった――西洋にも東洋にも、そんな哲学者、思想家は私の知るかぎり一人もなかった。なぜ老子だけが、と思ったものです。

開腹手術後の私は、「老子」の中にある肚意識と母意識に目をむけだしたので、そこから柔らかさや優しさという母性的素質の価値が、はっきりしてきたのでした。

「老子」には、こんな一節があります。

道《タオ》につながる人は
あれこれ欲しがる心を空っぽにして
腹のほうを十分に満たすんだ。
野心のほうは止めにして
骨をしっかりこしらえるんだ。

（加島訳『タオ――老子』第三章、筑摩書房刊、以下、引用は同書より）

すでに二千五百年の老子が、心は物をほしがる頭意識であり、腹は生命エネルギーを蓄えるところだとしているのです。

野心は意志から来るのであり、意志は頭あるいは胸から出る。老子はそれを制限して、肚と骨の方を強化せよ、と言う。ともに体を支える働きのものであり、頭よりもずっと根幹的なものです。腹と骨こそが大切なものであり、その働きは頭の働きより深い。老子はそのことを、はっきり示しています。

もう一つ引用します。

タオの働きにつながる人は
目の欲にばかり従わないで
腹の足しになるものを取る。
頭の欲にばかり駆られないで
身体《からだ》の養分になるものを取る。（第一二章）

ここでも老子は、目を欲望の入口だとしていて、それは頭に向かうが、腹は口からおりてくる養分を貯めるところとしている。

私はこの中で、原文にはない二行をつけたして、「頭の欲にばかり駆られないで／身体《からだ》の養分になるものを取る」としたのですが、これは、欲望意識は頭でするが、滋養は腹から摂取するということを、強調したかったからです。

最初に老子を訳していた時、頭の働きや目の欲望ばかりではダメだという指摘はよく分かったのですが、しかし老子が「腹の働き」というものを、どれほど大切にしていたかということは、気づかなかったのです。

まして「老子」の思想が腹と母にどれほど深くつながるかという点は考えませんでした。「老子」の中の母について、始め私は比喩的にとっていました。

実際「老子」ではその第一章から「萬物之母也」の語が出てくるのです。

原文は「無」名、萬物之始也。有」名、萬物之母也」これだけであり、原文でもその訓読でも、さっぱり分からない――と誰もが感じるはずです。私もそうでした。「老子」を読もうとする人はたいていこの第一章の分からなさにつまずき、先へ進めないのです。あるいは分からないまま読みすすみ、結局、分からずに終わる……。

しかし、こんな話は横道です。私は幾つかの英文訳を参考にして、次のように訳しています――。

まずはじめに
名の無い領域があった。
その名の無い領域から
天と地が生まれ、
天と地のあいだから
数知れぬ名前が生まれた。
だから天と地は
名の有るものすべてを産んだ「母」と言える。（第一章）

むろん「数知れぬ名前」をつけたのは人間であり、だから、「名のある領域」は一部分なのだ、と老子は言うのです。その限界を超えた「名の無い領域」が、はるかに（無限に）ひろがっている――そしてその無限（無）から出てくるものの一部に人間が名をつけたのだから、無限と有限の領域は同じところから出ているのだ。その片方の、人間の有限界では、天と地の間からすべての物に名がつけられたのだから、天と地はすべてを産みだす元であり、それは「母」と言えるのだ……。

老子は、人間の有限界を超えた領域を「玄《げん》」と呼ぶ。こういった宇宙意識のヴィジョンからの言葉がちらばっているのです。

第二五章は次のような言葉で始まります――。

タオは天と地のできる前からある。
その状態は
あらゆるものの混ざりあった混沌《カオス》だ。
そこは

本当の孤独と静寂に
満ちていて、すべてが
混ざりあい変化しつづける。
あらゆるところに行き渡り、
すべてのものを産むのだから、
天と地という大自然を産んだ母だと言っておこう。（第二五章）

原文も非常に美しい――。

有㆑物混成、先㆓天地㆒生、
寂兮寥兮、獨立而不㆑改、
周行而不㆑殆。
可㆔以為㆓天地母㆒。

物アリテ混成シ、マズ天地生ズ
寂寥トシテ、獨リ立ツテ改タマラズ
周行シテ、アヤフカラズ
以テ天地ノ母トナスベシ

天と地という大自然を生みだした混沌《カオス》もまた、「母」にたとえられているのです。

これら二つの引用で明瞭なように、老子は、生む働きをするものを、つねに「母」とか「玄牝《ゲンピン》」（英語ではgreat mother）と呼んでいます。

実際、「母」とは生みだす力をもつものだ――これは現実にも比喩にも当てはまる「母」の真意です。老子は、根底の哲理として、「生みだす力（エネルギー）」が、あらゆるものの内に働いているとしていて、その役をするものを「母」という。これは「老子」の思想の非常に重要な点なのです。

「母」は神秘的な働きの象徴として用いられるばかりではなくて、「タオ」という宇宙エナジーが人間に及ぼす力として言う。単なる神秘的で比喩的なものとせずに、その同じエネルギーが、人間界の、人の生き方にどう結びつくかを語るのです。

いま私は

道《タオ》が萬物を生みだす元だと言ったけれど、
言いかえれば道《タオ》は萬物の
母親なんだ。そして
道《タオ》という母から生まれたわれらは
みんな、その子なのだ。
そう知ることで、はじめて人は
道《タオ》の大きな優しさを知る――子が母の
優しさを知るようにね。
そしてそう知ったら、
ひとは、
この母の懐中《ふところ》に帰るようになる。（第五二章）

くり返すようですが、老子はあくまで人間の視点をはずさない人なのです。老子はどんな大きな、あるいは深い哲理を語っても、それを必ず人間の在り方や生き方と結びつけようとする。『老子』第二〇章には、それが実に分かりやすく説かれています。現在の私たちが生きてゆく上で何を必要とし、何を大切にしたらいいかを、まるで一人のヒーラーが患者に語るかのように説いています。私はそれを感じて、次のように訳しています――。

世間の人は
頭を使いすぎる。
頭を使うことは止めて
自分の内側のバランスをとってごらん。
すると心配や憂鬱がどんどん薄らぐ。
だいたい、
世間が「よし」とか「だめ」とか言ったって
それが君にとって何だというんだね？

「善い」と褒《ほ》められたって
「悪い」と貶《けな》されたって
どれほどの違いがあるのかね。

みんながびくびくすることに自分も
びくびくしていたら、それこそ
切りがないんだよ——果てしがないんだよ。

そりゃあ、確かに
世間と仲良くすれば
一緒に陽気に楽しめるさ。
宴会で飲み喰いして騒いだり、
団体旅行で海外に出かけたりしてね。

一方、私みたいな人間はひとりきりで
うそうそしている。目立たない存在で
ろくな笑い声も立てない。
みんなは物をたっぷり持っているのに
こっちは何も持たず、
ひとり置き去りにされ
馬鹿みたいに扱われて
まごまごしている。
他の連中は陽《ひ》のさす所にいて
こっちは独り、陰《かげ》にいる。
他の連中は素早く動いて手も早いのに
こっちはひとり、もぞもぞしている。

海みたいに静まりかえってるし
風に吹かれてあてどなくさまよう。

世間の人たちは目的を持ち、忙しがってるが、
こっちは石ころみたいに頑固で鈍い。
確かに私はひとり
他の人たちと違っているかもしれん。しかしね、
自分はいま、
あの大自然《タオ》の母親のおっぱいを
好きなだけ吸ってるんだ。

こう知ってるから
平気なんだ、実際

いま、こうして吸ってるんだからね。（第二〇章）

最後の句だけ、原文を出します――。

我獨異二於人一、而貴レ食レ母。

この短かな「而シテ母ヲ食ムヲ貴トブ」の句はタオ・エナジーが、どんな孤独な人をも愛し励ますことを語っています。それで私は、「母のおっぱいを……」という親身な口調に言いかえたのです。

そこには彼の人間愛がよく感じとれたからです。

9　母について——対話

「元気」は人の生命が母胎に宿されたときに、父母から受けついだ気であって、これは丹田に蔵されている。
（坂出祥伸著『「気」と道教 方術の世界』）

孔子が胸（ハート）中心の意識の人だとすれば、老子は腹中心の人でした。そしてその中心の腹（臍）は、母を通してタオにつながるとして、「老子」の中に表れた母（大いなる母）について書きました。その老子の言葉のうち、前章の終わりで引用したのは個々の人間が母を通していかに「タオ」につながるかという点でした。

で、今度はこの章で、母と肚意識について私個人の経験から話す時でしょう。それが、経験や体験から語るというこの本の方法に沿うことだからです。幸いなことに、偶然ですが平成十二年十一月に、私は「母を語る」というＮＨＫのラジオ番組に出た折りのインタビューを、これから再掲することにします。

始め、ＮＨＫの遠藤ふき子さんから、この番組への誘いをいただいた時、母のことなど特別の思い出もないので、断るつもりでした。何しろ、長い間もう五十年以上も母の墓参りをしなかった男です。

それでも終いにこの対談を承知したのです。手術の後二年してからのことで、すでに「老子の大いなる母」について関心を抱き始めていたせいかも知れません。

a　母を語る

E（遠藤ふき子）　加島祥造先生はこの伊那谷にいらっしゃって何年ぐらい経ちますか？

K（加島祥造）　ここに住み始めてからは八年目ですかね。その前にこの天竜川の対岸の、森の近くに小屋を建てたのは一九七三年、五十の歳でね。休暇には横浜から通っていた。ですから全部で三十年になるんですね。
E　でも面白いですね。東京の下町生まれと伺いましたけど。
K　ええ神田、日本橋に近い神田でね。家は商家で絹織物の問屋ですから、実に騒がしいというか、賑やかな環境でしたよ。
昔ですから、家の前に電車が通ってましてね。その音が大変な轟音でしたし、家の中も、家族は大人数でしたからね。

E　電車といいますと当時の東京だと市電ですか？

K　そうです。チンチン電車とも言われてた市電が、上野の方から水天宮まで通っていて、それが行き来する昔は大変だった！

店の中で電話かけてても、電話が聞こえなくなっちゃうんですよ。かなり大きな店でしたけども、中の方にある電話でも聞こえなかったんですよ。それほど騒がしい町でしたね。

† † †

E　代々、東京でいらしたのですか？

K　私の母方は東京の木場《きば》の材木問屋で江戸時代からのものだったんです。父になってから、神田に来て織物の方に移ったんです。父は養子として、新しくそういう仕事を始めた人です。

E　そうするとお母さまはいわゆる家付き娘さんですね。

K　そう。

E　どんなお母さまだったんですか？

K　平凡極まりない人と言っていいかな。

E　明治の人ですよね？

K　そう、明治の人です。明治もかなり前の人ですね。明治十七年生まれだから、一八八四年生まれかな、随分前の人です。

E　明治十七年ですか？

K　だって私を生んだ時、母親は三十九歳ですもん。

E　え、そうですか。というのは加島先生は何番目でいらっしゃるんですか？

K　僕は上から数えて十人目ですかね。十番目っていうの。

E　上の方は全部無事に育った？

K　私のすぐ上の子供二人が幼児の時に亡くなりましたけど、あとの十一人はみんなずっと健やかに育った。
E　そうするとお母さまは何人お子さんを？
K　十三人産んだんですよ。懐妊して生まれたのはね。で十一人育ったんですから。で、私は十番目。
E　今ではチョットそんなに多い子供の数、想像できないですけど、家の中はどんな風なんです？
K　店が電車通りに面してありまして、家の中は、店員さんや、番頭さんやら大勢の人たちがいて、その奥にもう一つ、廊下伝いで別棟に家がありまして、そこに家族が住んでいたんです。
そして私たちは、そこで大勢で暮らしていて、お店にも人がいるという風で、大変な数の人が、大変といってもまあ、二十人位でしたが、それでいて何というか渦が巻いてるような暮らしでしたよ。

E　そうするとお母さまは、加島さんが生まれた後も下に更にまた何人か？

K　更に三人、また産んだんですよ。それが四十五位まで産んでいたんですよ。母は丈夫でしたよ。そうして「大変」だったっていう顔していませんでしたね。まあ、お手伝いさんの人も少しはいましたけどね。ですけど、気苦労、所帯やつれした顔してませんでしたよ。不思議な人ですね。

†　†　†

E　どんな様子の方だったんですか？

K　ごく昔風の、上背はかなりあって、髪なんか上にかき上げて結っている様な人でね。女学校も出ていないんじゃないかと思うし、それからいろんな修業も特別したわけでもないし…。私も良く知らないの。

というのは、私は手をかけられたことないし、母と昔話をしたことはないし、何も知らないんだよ。
Ｅ　でも、子供がそんなに沢山いると一人一人ゆっくり話してる暇なんてないですよね。
Ｋ　まして、お店の人の食事や何かまで支配してたんでしょ。ですから私と話をする機会なんか全くなかったんじゃないかな。
　でも母は、食事の時になると、みんな子供を仇名で呼ぶわけですよ。ごく普通の大家族でした。何の特別なこともない家庭でしたよ。私は、母親に特別可愛がられたわけでもないし、いわば非常に雑に育ったし、それをまた不思議にも思わなかった。
Ｅ　当時、みんな兄弟が多い。どこでも兄弟多かったですね？
Ｋ　昔はねえ、田舎は特にそうでしたけど、都会でもかなり多かったんじゃないでしょうか。下町ですからね。別に避妊とかいう知識もそう無かったじゃないかと思うし、そういう点では、山の手の人たちとは全くちがった、もっと逞しいと言えば逞しい様な、もっと、雑なライフだったと思いますよ。

† † †

E　お母さまの事で日常的に覚えている姿はどういうことですか？

K　全くない。もう子供から青年になるまでの間に、二つ三つしか覚えてたことってないですね。

E　二つ三つって、例えばどんなこと覚えています？

K　例えば僕の六つか七つ位の時かなあ、当時子供は皆イガグリの頭でしたよね。そのイガグリの頭を撫ぜて、「おまえの頭はいい格好してるね」って言ったのを、覚えてる。それっきりだね。

E　それはやはり自分の頭をさわって褒めてくれたという？

K　そう、そういう感覚が残ったんです。母親とのタッチの記憶は、私の生涯でそれだけですよ。

E　どこか旅に行ったとかそういうことは全然ないですか？

K　よくあった。箱根に行ったり、夏は鎌倉の方に避暑に行ったりね。兄弟姉妹みんな一緒に暮らして、母親も一緒でしたからね。けれど、僕はいつも、ONE OF THEMでね、中の一人だったから、母と手をつないだ訳でもないし。

いろんな接触もあったけど、私の記憶の中では、その時の母親の姿は少しは浮かぶけど、じかに接触してどうのという風な愛情を感じたことはない――頭を撫ぜられた時だけだ。

E　名前を呼ばれたこととか、そういうことは覚えていないですか？

K　もちろん始終呼ばれた――時には仇名でね。だけど全然記憶にないね。すなわちそれほど、私は母親に対して無意識だったんだね。嫌っている訳でもないですよ。それから僻《ひが》んでいる訳でもないしね。ただそこにいるので安心していて、何の接触の記憶も印象もない。それで充分だったんですね。

† † †

E　よくありますよね。近所でいじめられたり、喧嘩して帰ってくると、お母さんの割烹着に飛び込んでいく。そうすると子供って安心する、そういうことあまりなかったです？

K　だってねえ、僕の家じゃ、子供が次から次へと一年半おきに生まれてたんですね。そうすると、僕が生まれてから一年半すると、次の子供が出てくるでしょ。そうすると、僕は物心つかないうちから、おばあさんの手に渡っちゃうでしょ。その頃、まだおばあさんがいましたからね。

おばあさんが少し面倒みて、あとはまた一年半経つと、次のが、おばあさんの手に渡るから、僕は今度は姉さんや女中さん、あるいは商店ですから小僧さんの手に渡るでしょ。そうして次から次へと人の手に渡ってたから、家庭の中にいても母親と接触する機会は無かったの。だから僕は母親の乳房に触ったという記憶は全くないですよ。それから母に取りすがったなんて、そんなことした覚え全く無いですよ。

†　†　†

E　昔の人はみんなそうだったんですかね。その中で秩序が保たれたというか？
K　そう、それで秩序は保たれてたの。誰一人文句言わないしね、手渡しをね。当然のことと思ってたんですね。
だからあなたが『母を語る』という本の2の序文の中で、「沢山の方々のお話の中から感じたのは、子供時代に母親に充分に愛されたという思い出は子供にとっての一生の財産という事になった」というふうに書いておいでですけど、私はその反対側の、充分に愛されなかったという思い出の側の者です。

そういう人も沢山いると思うので、そういう側の代表として、話そうと思ってるの。
E　嫌われたということもないけども、そうやって頭撫でてもらって「いい形だね」と言われたの覚えてるということは、お母さまはこの子を特別にとかじゃなくて、何もこういうことで不足がないって感じることが、大きな愛情だったのかなと女として思いますけど、どうなんでしょうね。
子供の側としてはそこらへんどうなんですか？
K　あなたのいう通りですね。母がいて、あと過不足ない暮らしをしていれば、特別母親になでたりさすったりしてもらわなくても、充分なのかもしれない——男の子は特に。幸いなことに家は経済的にはある程度までは裕福だったから、家計が困ったとか、暗い様子は一つもなかったからね。渦まいてるところに暮らして。だから母親がいて、あとは自由にしていられるだけで、不満とか不足は感じませんでした。
それから、父が、私が六つの時に亡くなってるんです。母親に育てられたという様な環境なんだけど、私の中には、父を失った寂しさとか、母親に無視された寂しさとか、そういう意識が全くないなあ。
E　ということは、お父さまが亡くなったあとお母さまが女手一人で、お店をなさったんですか？
K　いえ、その時は私の一番上の兄が二十歳ぐらいになってましたからね。それがお店を他の方々と一緒にやってて、母は、私たち弟二人と妹一人と姉が三人いましたから、そういう人たちとみんな大家族でワイワイ暮らしてただけでね。母は店の方のそういう苦労は一切知らない人でしたね。

E　うまく回ってるもんですね？

K　ええ、昔のお百姓でも大家族の家は、同じ様に、母を中心にしてワイワイしてたと思う。それでいて、子供ってそんなに愛情不足と感じないで育ってゆくんじゃないかと思いますね。

大家族なりで、ほとんど母とタッチしないでいるけど、心理的には安心して、暮らしてたという子供も多かったようだなあ。

† † †

E　ということは、加島先生は少年期の場合も青年期も母親の存在というものを、ほとんど意識するなんてことは無かったわけですね？

K　無かった。ただねえ、一つそういえば思い出すことがあるな。母親に一回だけ孝行したことがあるの。

それは、私が十五、六のころ、妹や弟たちと、麴町の方に移りましてね。富士見町ってとこに家があってそこにいたんですけど、母親は昔の言葉でいえば、恐ろしく旧弊な人でね、エレベーターにも乗れないいんですよ。三越に行ってもね、歩いて上にあがる人です。そうして雷が嫌いでね。雷がなると本当に困る人だったんです。麴町にいた時、ある時、雷が鳴って、そうしたら私に頼みましたよ。「私、オシッコに行きたいんだけどね。怖いから一人で行けないから行ってくれ」と言われて、私その時は、母親抱いて行ってオシッコさせて、帰って来たの覚えてるの。母親は五十過ぎの時でしたよね。僕が母親に接触して孝行したのはそれだけだよ、記憶にあるのはね。

僕の記憶というのはいつも体の中で覚えるタイプなんだよ。だから体の記憶として覚える以外にはない。頭は他のことに、本とか語学とかに向けたし、運動（スポーツ）も好きだったし——。

そうすると母親と、どんな会話したかなんてことは、一切覚えていない。そうして母親に亡くなられちゃったんだね。

E　おいくつの時ですか？

K　麴町に移って二、三年して、私がまだ十九の歳です。戦争中で、当時、家の中に防空壕というのを掘ってたもんですから、母親が夜、お手洗いに起きて、間違って防空壕の方に行って、落ちてしまった。

飯田橋の警察病院へ連れていって、そうして一日位は息があったけど亡くなったんですよ。何の意識も回復せずにね。

その時に、私はひどく泣き出したんだな。それまで自分が泣くなんて事は夢にも思わなかったんですけど、急にひどく泣き出した、十九なのに。

そうして泣き出したばかりじゃなく、しまいには両手がしびれてきて、揉んでも治らないくらい両手がしびれて、騒いだりしたものだから、親戚の伯父さんが「そんな騒がないで……」と言った時に、「あんたなんかに僕の気持ちなんかわかりゃしない」と突き除けた覚えがあるんですよ。

これは自分にとって、非常に意外だった。普段、全然ろくな接触もしないし、何一つお互い親しい言葉も交わさない僕だったのが、急に母親の死に出会ったらそういう体全体で、慟哭が起こったんだ。

僕自身、全く思いがけなかったことだから、非常に強い記憶として残っている。十九の時かな、まだ早稲田大学に行ってた時です。

† † †

E　亡くなった時の慟哭というのは、それは自分でも全く予想しない、何だったんでしょうね？

K　今になって思うと、僕の無意識の中には母親が深くいたんだね。それがそこで出てきたのだと思う。僕の意識の中には、母親はいないも同然だったんだけど。僕の無意識の中にははっきりいたんだ。

E　それはものすごく大きいことじゃないですか？

K　しかしぼくは、そんな事すっかり忘れて、母の墓参りもろくにしないまま、幾十年も過ぎたんだ。社会での生活意識の中で忘れちゃって、無意識の中にある母を自覚しないまま暮らしてたんです。そう言えばもう一つ同じようなことが、それから二年して起こったな。

それは、学徒動員で、軍隊に引っ張られた。学部の三年生で、学校の途中から引っ張られちゃった。

引っ張られた、なんて言い方したのは、僕、軍隊に行くのは、気がすすまなかったからです。反戦意識はなかったな。とにかく子供の時から自由に育ったからね。入隊して一年もすると、軍隊で束縛されるのが実に嫌になった。

それで非常に短く話すと、軍隊から逃げようとしたんだ。一兵卒だったけど、逃げようとしていろんな事考えてた。遂に一つの決心をして、一つのことを決行しようとしたんだ。右腕を切って、不具になろうとしたんだ。その時は輪転機のどんどん動いている材木置場で働いてたから、その輪転機の歯に腕を突っ込もうとしたんだ。

それほどに僕は軍隊から逃げたかったんだ。僕は完全にある意味では狂気に近かった。どんなことしても構わないと思ったんだ。いずれにしろ僕は、それを決行しようとした前の日、いやそうじゃない、決行しようとした一時間前だな、僕は言った――。「オフクロ助けてくれ、決行する勇気を与えてくれ」と、いうことをオフクロに言ったんだ。

もう、オフクロが死んで二年過ぎてた頃だけどね――その母親に助けを頼んだんだ。このことも、自分の体の中の無意識の中から出たことだったんだね。決行してね、右腕を負傷したけれど、病院に運ばれて何カ月かして、また軍隊に帰された。

E　でも、自分が生きるか死ぬかという、重大事の時に思い出す、そういう時思い出すのは、一番大事なことじゃないですか？　一番大事なものを思い出すっていいますよね。
K　それはだから、生きるか死ぬかという時の僕につながるのは、母親だったということなんだろうね。その時はそんな事、分からなかったよ、無意識にやったことだから。
E　そんな風に思うようになったのはいつ頃なんですか？　そういう時に母親のことを思い出したんだなあということを改めて思ったのは？
K　それを自覚したのはかなり後ですよ――自分の中の無意識の働きを知ってからです。長いこと、幾十年も分からなかった。普段忘れていることです。

ああ、もう一つ思い出すことがある。それから二十年後に、僕の姉さんが、東京の東中野で死んだ。東中野の病院にいて、非常にもう重体の時に、私が見舞にいってその姉さんの病室に一人でいたんだ。

†
†
†

そしたら、姉さんがその時に、「おっかさん、早く迎えにきてくれ」と言ったんだ。僕はそれ聞いてそれで、ああ死ぬという時は、おっかさんを呼ぶのかなと思ったんだ。それが非常に記憶に残ってるよ。それは一番上の姉でしたけどね。母親が死んでから、二十年ぐらい経ってのことでした。

このことからその次には、ずっと後ですが、日本の兵士たちが、戦場で死ぬ時に「おかあさん」と呼んだという話を、記憶した――このことと関連してね。そういえば別の方向ですが、無意識の世界の中では、母親というものが、男の中に、大きく深くあるんだということを気づいてきた。

† † †

E　それはどういうことですか?

K　中年のころぼくは、D・H・ロレンスの小説やエッセイをたくさん読んだ。彼は、母親というものに、実に深くかかわった作家でね。彼のものから、人間の心に働く母の原型みたいなものを、知ったなあ。それからかなりまた後ですけど、この十年ほど、心理学者ユングという人の「無意識」についての論説を読んだ。

そして母親というものが人の根源意識の中にあると知った。人間の根源意識の中にあるのは、命の働きであり、その命は母親から人に伝わるのだ。その無意識の媒介者は母親なんだから、当然だということも、段々段々わかってきたんだ。

そうしたら最近、五、六年前からだけど、老子の『道徳経』を英文で読み始めて、それが非常に面白かった。そう感じたのはその中の老子がはっきり、母親意識の人だとわかったからなんです。

人間の根源意識というものが、母につながっている。老子は、そういう内観力を持っていて、『道徳経』の中で、母親のことを言っているんだ。

† † †

E　老子の中にある母と、加島先生の中にあった母というものが、わかりやすい口語訳の中に二つ現れているということですか？

K　なるほどね。そう言われてみればそうですね。私の中で無意識界に深く存在している母親が、老子の中で再び見つかったというか、そういう点が、私を老子に、ここまで熱中させたのかも知れませんね。

面白いことに、孔子の『論語』には母親という言葉がほとんどないんだ。『論語』に詳しい方に聞いたら「父母には孝」とかそういう言葉で対になっては少しあるけど、ほかに無いんじゃないかと言っていた。

ところが、老子の『道徳経』の中では、第一章から始まって、何章にも母という言葉が出てるのですよ。それはみんな、元という意味で使ってる。根源という意味でね。

根源の力を母に例えている人ですから、当然そこから出てくるものは、「優しさ」とか、「育む」とか、「養う」とか、そういったものを、しばしば説いている人です。それが、私を老子に熱中させた原因かも知れません。

† † †

E　中国のことわざで「孟母三遷の教え」があって、孟子もお母さんが子供の教育環境のことを考えて、何度も引っ越しをしたというのがありますけども、孔子の場合はそういう形では出てこないわけですね？

K　孔子も孟子も、社会の中での女の在り方ばかり考えた。「孟母三遷」では、息子の環境が悪いからといって、母親が家族が三度も引っ越す。これは社会内での母親の役割ですよ。老子の場合は、そういうものを超えて、もっと奥の方で、生命の根源意識として、母親がいるんだと教える。「孟母三遷」の母親は違う。社会人としての母親です。

E　そうすると老子の母親像というのはキリスト教のマリア様みたいな感じ……？

K　それはこういうことだと思うなあ――キリスト教のマリア様というのは、その前にキリストという父親のイメージの存在があって、父だけでは厳しすぎたから、マリア信仰という優しさを信者達が求めた。

孔子も父親像というものを最も大切にした。その二つの教えは両方とも父権社会といって、男性の主権が確立している社会の中での道徳なわけですね。

ところが、歴史以前に母権制社会があったわけです。母権制社会というのは日本にも中国にもあったし、ヨーロッパにもあった。ヨーロッパでは「グレイト・マザー」という信仰があった。神話に残る古い社会です。

母権制社会で母親第一とする——日本で言えば天照大神を第一とするような、そういう母型社会です。人間は母とつながるくつろぎと和が大切なんです。一般民衆はそれがなければどうしても耐えられない。

そして中国では儒教が政治的に表の道徳を支配したけど、裏では母型社会の根源とつながる道教が広く伝わった。キリスト教の場合は神を父親像としてみて、古くからの母神信仰を一切抹殺した。しかし民衆はそれに耐えられなくて、マリア様を持ち出しています。「マリア信仰は、キリスト以前の大母信仰（グレイト・マザー）を変形したものだ」という説がある。

母権制社会には、平和で、やわらかな世界があった。それがどこまでそうかはわからないにしても、母の胎内にいたときの幸福感につながるものです。父親の強い競争意識とか、権力意識の世界じゃないんです――人間社会にはこの二つの心があるんじゃないかと思う。

そして今は世界が、母権制社会のもっていた和や優しさを復活させ、バランスをとろうとしているんじゃないかな。

E　ということは時代の在り方と大きく関わって、大きな時代のうねりの中で父の強さみたいなものが中心になる時代と、やはりそういうものの弊害がいろいろ出てくると優しさみたいなものに包み込むといいますか、安らぎを求める。

そういうところに戻ってくると。そういうこともあるんですかねえ？

K　その通り。本当にその通り。二十世紀になっても世界中が二度も大戦争をしちゃって、男のやる事の目茶苦茶さに世界中の人が気がついた、ヨーロッパも、日本もね。政治家達はまだですよ！

ですから二十一世紀というのは、本当にその点で、女性によってそういうバランスを回復させる世紀です。そういう波が、どんどん寄せてきてるんじゃないの。

† † †

E　さっき加島先生が仰ったような、母親の存在というものをあまり意識しないけど、やっぱり一番大事な時に出てくるのが母親というのは、それは母親としては子供にそういう風に思ってほしいというふうに思うんですけど。
今やっぱりそれがすごく難しいと言いますが、私は色々とインタビューしてきて、母親の存在というのはすごく責任は大きいという感じはするんですけど。

そこの所で今みたいな時代の中で子供が少なくなってくる。子供が多ければですね、逆に母親というものは、もっとゆったりとしていられたのかも知れないけど、少ない中で一番おおもとのところで、ゆったりとしたものを、無意識の内に大事なものを与えられるかどうかというのは、難しいですよね。

K　それは、実に面白い問題なの。子供の中に、母親が意識として入っちゃうよりも、入らない方が、その子供は、あるいは健全なのかもしれないんだ。

すなわち、自然（ネイチュアー）というものは我々の意識の中に入って来ないでいて、体の無意識の働きを育んでいるわけですね。空気と水を思えばすぐ分かる。我々の意識の中に入らないうちから、ずっと、我々をはぐくんでいる。根本的な命をはぐくむものでしょ。

それと同じ様に、母親の愛情というのも、愛されてるの、好きの、嫌いのという風なそんな意識に入らないでいて、ちゃんと子の中にある――やがてその子供は、自由でいながら、母親を中心にもつ生き方をするようになる。

自由でいながら、優しさを捨てない人間をつくる――そういうものを根に植えつけるんじゃないかという気はするね。これはね、母親からは、あまり親しく愛されなかった数多い人々の弁護になるんだけど。

あなたの本の中で、津川雅彦さんは母親に溺愛されなきゃだめだと言っているけど、そういう幸福な人は、ごく少ない。実際は僕みたいに、ろくに愛された記憶もなしに成人して行く。

でも母親の愛情があるという安心感だけがあって、あとは母親の意識なんか無くても、自然と母親とは共在して、自分の中にはあるという時、その人間の中にいいバランスが生じてくる。

母は死んでもなおその人の中に存在し続けるような気はします。あるいは一生、僕の中の無意識的な母親が、僕を引っ張ってきている——そういう気がしないでもないね。

† † †

E　さっきおっしゃった様に、突然亡くなってしまった、その時慟哭したという母親への思いというのは、やはり、今ここですごく満たされたという感じは、ご自分ではなさってますか？

K　ある意味ではそうですね。私が軍隊から、逃げようとして最後の決行する前に、母親を呼んだ時には、心の中では、もし僕が軍隊から脱出できたら、どこか田舎の方へ行って、ちっちゃな小学校の教師でもして、そうやって暮らしたいと思った。そうなるように、「おふくろ、助けてくれ」と言ったんだからね。

今こうやって、七十過ぎてからこんな田舎にきて、一人で暮らしてるのには、割合と自分で無意識で願ったことが、五十年も経って、まあ、実行されているという気はします。

E　今日はありがとうございました。

（ＮＨＫ「ラジオ深夜便」―母を語る―平成十二年十一月二十一日放送より―）

水無月を
いま咲かんとする
姿には
遠きむかしの
母を見るかな

b　戦死した人たち

この対話を読み返してみて、何よりも気づくのは、母が私の無意識の中で生きていた、という点です。むろんこれは私だけのことではなくて、多くの人々もそうなのでしょう。あえて言えば、母とは人の無意識の中にあるものだ、としたい。

こう言うと、それは君みたいに親不孝な男の「言い訳」だ、と指摘されるかも知れない。そして私は、その通りだと答えたい。社会道徳が親孝行を強調したのは父権制社会のためでしたが、もっと自然な孝行がある！　親不孝の人間でも、無意識の裡には、母をつよく慕い、大事にしている！

このように思うと、一つの記憶が、心に甦ってきました。私の兄のことです。「対話」

にあるように、私には十一人の兄弟姉妹があり、この兄は次男、私より八つ年上です。私たちの母が不慮の死に遭った時、この兄は満州の山下軍団にいました。母の死を知らされた時、特別の休暇の許可がおりて、満州から帰って来ました。神田の家のひと間には母の祭壇がもうけられていて、兄はその祭壇に打ち臥すように身を投げだして、泣いていた。全身を揺すって、声をあげて泣いていたのです。

私は偶然にそのそばにいました。声もかけられずに、ただ、その兄の慟哭する姿を見つめていました。

兄は満州に戻ってゆき、やがて山下軍団はフィリッピンに転戦し、兄はマニラ近郊のどこかで戦死した――詳しいことは何も分からないのですが、あの兄は死ぬ時、母を呼んだにちがいないと私には思われてなりません。

この考えをさらに延長すると、次のように言えそうです――今次の大戦では三百万人の日本兵が戦死したと言われます。その戦死者たちの中には最後に、母を呼んだ者も多いと聞きます。とにかく、このことは私たちの誰もが、どこかで耳にして覚えていることです。

こんなことが頭にあったせいか、私はふと、外国の兵士たちはどうなのか、と思いついたのです。彼らも同じようなのかどうか。まず私は年輩のドイツ人に聞いてみました――。

「今度の戦争では戦場で死ぬ時、日本の多くの兵士たちが母の名を呼んだ、と言われているけれど、ドイツの兵士たちはどうだったのかなあ、彼らの多くも母を呼んだのだろうか、そんなことを聞いたことがありますか?」

「そういう話は聞かない。私の知るかぎり、そんなことはなかったと思う。兵士のうちには死ぬ時に恋人の名を呼んだ人はいたかもしれない。けれど、mutterと呼んだ話は知らない……」

こう聞いて、これは何かしら深い問題につながることかも知れぬ、と思いました。

さらに確かめたくて二人のアメリカ人の友達に電話をかけた。一人はサン・フランシスコにいて、私と同年輩、作曲法の教授だったが引退している人です。彼は答えた――。

「アメリカ人は少年少女であれば死や病気の時には母を呼ぶだろうが、成人した者はまずそうないだろう。戦場で死ぬ前にmotherを呼んだ話は聞かないねえ」

さらに東京にいる人を通じて中国人の中年の男性に聞いてもらいました。彼の答えも、中国の兵士たちが死ぬ前に媽媽《マーマー》と呼んだという話はない、という答えでした。

私の尋ねたのはこれだけで、このほかの国の人には問い合わせなかった。それで「戦死する兵士」が母を呼ぶのは、日本だけのことかも知れぬと思えました。他国にはこの例がないとすると、これは、切腹と同じように、日本的特性の一つなのかも知れない。

しかしなぜ、このことが日本だけなのだろうか。それはどこから来ているのだろう。この疑問にたいして私はすぐに答えを思い浮かべました。——日本の母権制（母系氏族）社会の影響ではないか——。

このことはラジオの対談の中でも少し口にしていますが、それ以前から私の心にはこの考えがあり、むしろ力を増していて、私の思索の方向に影響していたのです。それで次の章はここから改めて照明をあててみたいと思います。

10　母権制社会――西と東

ワレ独リヒトト異ナリテ母ニ養ワレルヲ貴トブ
（『老子』）

「母を語る」対談では、私がふだんは母を忘れていたと話しています。長い間私は、父権制社会のメンタリティー（心性）の中で暮らしてきたからでしょう。それを当然と思ってきました。

しかし母権制のことを知り、私の歴史観は一変したのでした。男性思考を中心にした社会観や人間観でなくて、母系氏族社会の深い流れが見えてきたのです。

「母権制」mutterrechtとか「大母神」Great Mother「地母」Terra Mater こういった言葉は、時おり見かけますが、まだ一般には広く知られていないようです。私も近年になって知ったのです。読者は、母権制について知っておいでの人もいると思うので、ごく概略述べておきます。

まず西欧の母権制社会から始めますが、歴史書にほとんど載らない先史時代、ギリシャ、エジプト、インド、中央アジアに女性中心の母系性の社会体制があったのです——。

人類学と考古学の最近の成果は、数十万年以上におよぶ先史時代の社会においては、この生命の産み手である女性が社会の中心にあったということを科学的に証明した。男性の性を中心にする家父長制社会は人類の歴史のなかの、より進んだ段階において、つまり長い人類史からみればごく最近（紀元前数千年を越えない頃）に、歴史的に構築されたものである。

（若桑みどり著『象徴としての女性像』四九六頁、筑摩書房刊）

そこでは家の中心は母であり、母が財産をうけついで娘に渡したり、家長権ももっていたりした。居住も母方のほうで、父のほうではなかった。母は家と生産と祈りを担い、また癒し（ヒーリング）の領域も司った。そして平等と自由、愛と和らぎ、生命力、包容力を尊び、争いや競争を好まなかった。宗教では女神崇拝、生命中心主義の多神信仰だったようです。

以上は母系社会を理想化した言い方であり、マイナス面もあります。しかし以上のような母系氏族社会があったという点だけを理解していただければいいので、詳しくは触れずに次に進みます。

母権制のことを知る手掛かりとして、バッハオーフェン、ノイマン、フロムという三人の名前だけを挙げておきます。

やがてこの母権制の社会と信仰は滅亡して、父権制社会となります。西欧では父権制とユダヤ・キリスト教が結合して強い力となり、それ以前にあった母権制氏族や地母神信仰を徹底的に滅ぼしてしまう。払拭《ワイプ・アウト》してしまう。

「母を語る」の章で聖母マリアのことを少しお話ししましたが、マリアは処女懐胎その他で分かるように、母権社会の大母神とは全く違うものになっています。西欧社会は一神教と法的・合理的考え方を発達させ、父権制社会として三千年を経ています。

母権制社会のことは全く忘れられるのですが、十八世紀の後半、バッハオーフェンが、母権制の社会に気づいて本を書き、それから再び認められ、今のフェミニズムにまでつながる思潮となっています。

とにかく、西欧にあった母権制の社会はすっかり父権制にとってかわられた、という点を確認しておいて下さい。

この父権制の男性中心社会が、いまの文明社会であり、それが戦闘心と競争心と所有欲を通して今の文明社会を築いてきた――この点は、共通の認識としていいことでしょう。

中国では、仰韶《ぎょうしょう》文化の時代がちょうど母系氏族社会の最盛期に当たるそうです。それは紀元前二二〇〇年ごろから五〇〇〇年続いたとされていて、すべて発掘によって知られた時代です。それで「母権制社会」と呼ぶほど明確なことは分からないので母系氏族社会と呼ばれますが、とにかく中国にも先史時代にはこういう母中心の社会があったようです。それは長い年月の間に宗教・思想・社会風俗の上ではっきり母系性社会の特色をもつものとなります。

その後に中国は父権制の社会となる。この点は西洋と同じであり、そして男性中心の国々が戦争にあけくれるようになる。老子や孔子が生きたのは、すでに父権制社会となって一〇〇〇年ほどたったころの中国でした。

しかし中国が西洋と違うのは、母系氏族の宗教・思想・風俗が滅びなかった点です。父権制の国や社会が孔子の儒教思想をバック・ボーンにして強化されてゆく中で、老子

—道教・道家という母系氏族性の流れが、民間には生き続けたと言えるでしょう。老子がこの母系氏族の思想を伝えている、と気づいて、私には新しい目が開けたことはすでに述べました。

わが国ではどうだったのか。私個人の意見ですが、この島国も、西洋や中国と同様、歴史以前には母系氏族の社会があったと思うのです。というのは、一つには、人類はどこでも、始めに近い時期にはみんな母系氏族文化だった、と推量するからです。そのほうが自然に思える——なにしろ人間は母から生まれるものだからです。

それで、この国の縄文期は母系氏族の社会だったと推測するのです。

中国の最初の歌謡集『詩経』とわが国の『万葉集』とは千数百年もへだたっているんです。『詩経』は紀元前九世紀、『万葉集』は八世紀前半が中心——このように時代は違うが両方とも、それ以前の母系氏族の心性と心情からの詩歌を含んでいる、と私は感じるのです。

両方とも、もう父権制度社会になってから出た歌謡集であり、貴族や宮廷人の歌が主となっているけれども、そこには庶民・一般人の歌謡が加わっていて、それらには、長い長い母系氏族社会で醸成された心が、まだ生動している。いきいきと息づいている。それは母系氏族の文化からのものだ、と感じるのです。これは学者の意見でなくて私の直覚からのことです――何一つ証拠になるものはないからです。しかしこの自分の直覚は手応えがあるものだと申しあげたい。

そしてこれから言うことも、この直覚から導かれた私見です。こうお断りして、平安朝文化が、母系社会の所産だということを短く話します。

『古事記』は天照神話あたりに母系氏族の女神崇拝の影響をとどめますが、大半は、父権制社会になってからの代々の天皇のことを語っています。ということはわが国も、母系制の社会と信仰は歴史以前のことであるわけです。

こう解ければ、天照大神《あまてらすおおみかみ》という優しい光の神の弟になぜあんな荒くれた須佐之男命《すさのおのみこと》がいたのかが分かる……こう考えると、両者の関係がはっきりする。

この長い先史時代に母系社会の心性と感性がつくられて、人々の中に深くしみこんだと私は解しています。『古事記』に言う荒魂《あらみたま》は縄文期のものと思っていましたが、今は「和魂《にぎみたま》」が縄文期の中心思想と感性なのだ。それはむろん母系制の氏族社会に醸成されるものであり、人々の「無意識界」にまでしみわたって、平安朝まで残っていた、と思うのです。この母系社会の活力が平安朝、女流文学の見事な開花となったのだと思うのです。

しかし平安時代（八〇〇—一二〇〇）がいかに素晴らしい文化をつくったか、私はあまり認識していませんでした。ところが世界では、平安時代の約四〇〇年ははるかにグレートな時代だったと考えられているようです。

比較文化の学者として有名なジョセフ・キャンベルはこんなことを言っています——。

古代〝東洋〟で創造性の最も高かった時期《ピリオド》。

a. エジプト前朝王朝

b. ウパニシャッドのころのインド

c．近東のアレキサンドリア
d．中国の唐代
e．ハロウンのバグダッド
f．日本の藤原時代（Fujiwara Japan）

（『Sake and Satori』Joseph Campbell著）

キャンベルは藤原平安期を中国のあの偉大な「唐時代」と並べられています。このことと一つでも驚嘆するのですが、平安時代がグレートなのは政治、経済の大事業ではなくて、文芸・美術（仏教）についてなのであり、なかでも文芸作品が主体であり、それらはほとんどが女性の創造だった。

以前は、なぜ藤原平安期にだけ、女性たちがこんな大きな創造力を発揮したのか、と不思議でしたが、今はそれが縄文期に長く培われた母系氏族の心性と感性の発現だと解しています。先史時代の女系氏族の心性が、この民族の無意識界に十分に生きていたからだ、と思う。

とにかく、西洋や中国と比べて、わが国の母系氏族制はずっと後まで残っていた――このことに目を向けてもらえればいいのです。すでに父権制社会となって政治、経済は男性が支配していたにしろ、母系氏族社会の心情と活力が平安期には文芸に強く流れていたのです。ということは、まだ母につながる肚意識の心性が、無意識と意識の両方で生動していて、両者は分裂していなかったと言えます。

歴史は平安期のあと、鎌倉期という極端な父権体制の男性社会に転じたのでした。当然、母系氏族の思想・情念は――母からの肚意識は、男性の「頭と胸（意志）」の意識の下にひそみかくれたわけですが、西洋のように拭いとられなかった。

時に浮上しては、また圧迫されて潜んだだけであり、その様子はわが国の歴史に、かなりはっきり読みとれるわけです――とくに、詩歌と美術工芸のほうに見てとれますが、信仰の上では神道や浄土宗に、それが働いているのではないでしょうか。

神道――「神ながらの道」――は母系氏族の心性につながっているのですが、父権制社会の中で国家神道に転じてゆき、母系信仰は産土神といった民間信仰に流れたし、仏教も修行のきびしい男性中心の一派（真言宗や禅宗）と浄土宗のようにやさしく女の人を受け容れるものに分かれてゆく。こうした分離状態を統合せずに持続してきたのが日本の心性の特性だったと私は思うのです。

鎌倉期からは母の（女の）腹意識の代りに父の（男の）肚意識が支配するようになった——言いかえると、政治と経済社会は父権制の男性社会が支配したのですが、しかし母系氏族の肚意識は抹消できなかった。そのために、彼らの間で通用する男性用肚意識を次第に発達させた。それが切腹であり、「肚をきたえる」といった数々の男性肚意識の発達でした。

日本人の心理が二重構造だとはよく言われますが、その最も底辺にあるのは、ここだ、と思うのです。この点から見ると、和魂と荒魂、優しさと無暴さその他数々のわが国民性の矛盾に一つの光を当てられるのではないでしょうか。

「Bushido」『武士道』と、「The Book of Tea」『茶の本』は、ともに明治初年にアメリカで出版されたものですが、実に対照的です。『武士道』は日本の父権制社会の肚意識を語り、『茶の本』は母系氏族の肚意識を語ったと言えるでしょう。「死の書」と「生の書」（岡倉天心の語）とも言えます。

ともに、西洋人に日本文化と精神を伝えようとしたものでしたが、西洋人には武士道と茶道のどこに共通点があるのか分からなかったことでしょう。ヴァイオレントな行為を形式化したセップクと、和敬静寂を形式化した「テイ・セレモニイ」とはどこでつながるのか――。

これは、彼らには説明しにくいことだったと思うのです。武将たちが荒らく「争う心」を鎮めるために茶の湯をたしなんだ、と天心は言っていますが、彼らはけっして「争う心」を捨てなかった――その心理にはふれていないのです。

明治時代というのは、父権制の男性社会が、非常な力でこの民族を駆りたてた時代だった。そのせいでこの両者の分離は極端に達した――と私は見ています。

あれほど暴力と死を堵して、戦争に突入した日本人と、負けてからの柔和な日本人とは、西洋人にとってまだ謎であるし、私たちもうまく説明できないところなのです。実際『武士道』の新渡戸稲造と『茶の本』の岡倉天心は、片方の面だけ説いていて、両方を結合する中心を指摘していません。

もし私たちが西洋人から答えを求められたとしたら、私たちは曖昧な返事しか出来ないのも、両者の向こうにある源泉を自覚しないからだ、と私は思うのです。

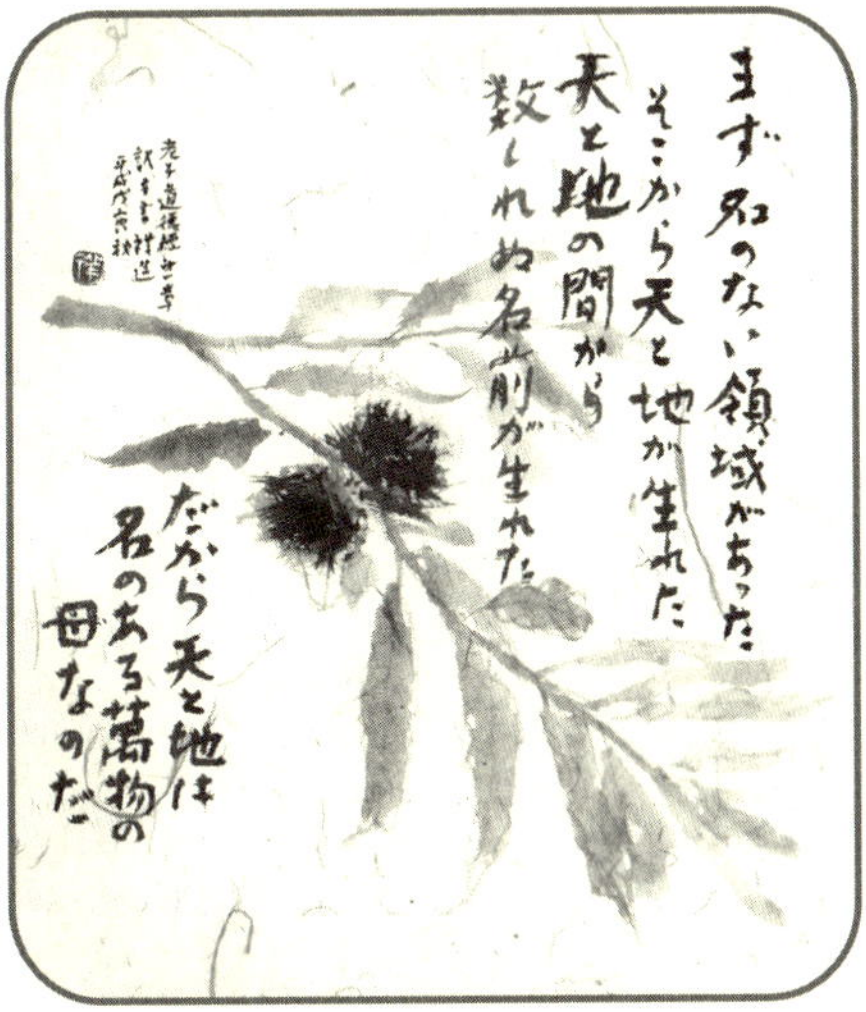
まず名のない領域があった
そこから天と地が生まれた
天と地の間から
数しれぬ名前が生まれた
だから天と地は
名のある萬物の
母なのだ
老子道徳經第一章
訳 加島祥造
平成戊寅秋

11 優しさと柔らかさ

優しさこそタオイズムの倫理の中心にあるものなんだ。
（R・M・スマリヤン著『タオは笑っている』）

a

西洋では二千年も前に父権制社会が確立していて、十世紀ごろには母権制社会の痕跡など全く消滅していたのです。日本では鎌倉期になって父権制社会がとくに強化されたのですが、それでも母からの腹意識は男たちの意識の中に残ったのでした。

西洋人にとって日本や日本人の理解しにくさ、不可解さは、この点にあるようです。個々の人は優しくて穏やかであるのに、集団化した時の非人間性が際立つ——この分裂と矛盾は西洋人には、よく解けないことのようです。

幕末以来、日本にきた西洋人たちが、この二重性に出あって不気味で不可解な気持に襲われたかは、彼らの記述に明らかです。（ただし、ラフカディオ・ハーンは別でした——彼は日本人の母系氏族性の心情を鋭敏に、そして共感をもって感得した人でした。）

現在までのところ、いわゆる「文明」を発達させてきたのは、父権制の社会です。いずれも男が政治、経済、科学ばかりか宗教も社会習慣も支配してきた国々ばかりです。西洋でも東洋でも、その点では同じでした。

わが国も例外ではなく、その一員でした。そして文明——とくに科学・技術の文明——によって、人々の生活は安楽の度を増した——その点では技術文明は人間に効益あるものでした。しかし現在もそうです。しかし二十世紀になって世界中の「文明国」が大戦に加わり、そのあとも破壊や環境不安を生じたりしているのは、やはり父権制文明の行き過ぎだと、認識され始めているようです。

それは単にフェミニズム運動からタオイズムまでの反体制運動のみではなくて、もっと大きな歴史的流れとなっていて、それは二十一世紀にはさらに顕著になるでしょう。私はそれを、喜ばしい方向だと感じるものです。

そんな大きなトピックスは別として、今私たちは、個々人としてこの二つのもの――男の肚と女の腹――のバランスを取る時だと思うのです。それは老子が「陰を背に、陽を胸に抱いて、人は調和に向かって進む」と言ったように、私たちの中に共存しているものです。

ユングは「アニマ」と「アニムス」（男性性と女性性）が一人の人の中にあると指摘したのですが、二つがあるというよりも、人の中心からその二つが分岐したと言うべきかも知れません。その中心である自分（セルフ）は、この二つを意識にのぼらせることで、そのバランスを回復できると思うのです。

エーリッヒ・フロムは、母権制とグレート・マザー信仰の社会を、「和み」の心を中心とする社会だと言う。この「和み」の心は、わが国の人々の心性の深くに備わっているることを、誰も感じています。それが『古事記』以前の母系社会の時代から現在まで伝わってきている——このことも、思い返してみれば、疑いようのないことです。

それが父権制の男社会の歴史の中で、どれほど圧迫と屈服を余儀なくされたか、そしてその中でも決して消滅せずに、今も復活し再生する機があれば噴きだす活力を持っている——このことも、私たちは無意識的にしろ知っています。

この国土にしても、この半世紀でずいぶん技術文明に痛めつけられたかに見えるけれども、まだまだこの豊かな自然は残っている——それを私は、伊那谷に住み暮らしてよく感じています。そのように、この国の人々は、遅くまで母系氏族の心情や大母神信仰を持っていたせいで、いまだにその中核である「和み」の心をたっぷり抱いているのであり、それをもう少し甦らせることで、私たちの「内なるバランス」はずいぶん回復すると思うのです。

明治から昭和中期までは、国家権力が人々を集合意識と無意識の方向に駆り立てましたし、敗戦後の六十年間は、社会の商業資本組織が、同じように私たちに働きかけています。その中で私たちが、母の腹意識から更に大きなものにつながるには、どうしたらいいか。こんなことを根に思いつつこの本を書いてきたのでした。

どうしたらいいかは、個々人によって千差万別、これといった処方はありませんが、個々の人たちが、自分の中にある二つの肚意識の働きを自覚したら――それさえできたら、あとは自ら自分のバランス回復の方法は見えてくるでしょう。なぜなら、それはごく自然に、自分の中の喜びやくつろぎとつながることだからです。

「老子」が肚や母を通じて語ろうとしたことは何だったのか――それは「優しさと柔らかさ」だった、と思う。

D・H・ロレンスは始めに母と自分との情愛関係からソーラー・プレクサスに気づいたのであり、やがて妻フリーダーとの激しいライフや創作をへて晩年に人間には何よりもtenderness（優しさ）が大切なのだ、と語りました。近年もロレンスを、読み返してみて、彼がいかに深いところから「タオイスト」だったかを知り、改めてロレンスの直感力に感嘆しています。

ユング派の一人の学者が言っています――「タオイズムの倫理はやさしさだ」と。

私は「倫理」とまでは言い切れなかったので、この表明をとりあげて、改めて強調したい。「老子」は、母や腹、柔や弱という語を用いて、生命力の働きの優しさを語っていて、その目で見ると、『老子』の八一章全体にこの情念が見て取れるとも言えそうです。

なぜそうなのか――バッハオーフェンの『母権論』から母権制社会の在り方や考え方に気づいて、この疑問が解けてきた、とくり返して述べてきました。

『老子 道徳経』はこれまで、父権制社会の男性中心の心性で解釈されてきたのです。それゆえ、「優しさ」や「柔弱」という特質は無視されるか軽視されるかだった――それが今までも、今も続いているのです。

従来の老子観がいかに偏った傾きだったか――そして現代の社会は、その偏りを直す時であり、それにはタオイズムの根底に「優しさ」を見ることが役立つ――私たち個々人の心性にも役立つことだと言いたいのです。

「タオイズム」から言えば、父権制と母権制の区別はない。両方の働きで人間も社会も成り立っています。片一方だけを支持するという態度は最も「タオイズム」に反することです。

老子が「優しさ」を一貫して説いたのはバランスのためでした。余りに父権制の支配が強すぎて、争いごと中心の社会になったのに対して、「老子」は「バランス」をとろうとした、と私は思うようになっています。ただしそのバランスは私たちの思考を超えて、もう一回り大きいものなのです。

老子の「タオ」は宗教ではないし哲学でもない。そういう区分けをすれば「タオイズム」は全く変質してしまう。「タオ」は区別を超えた働きをするものであり、私たちがそれを区別する目で見たり、言ったりする。というのもそれしかできないからです。

私は父権制社会の文明がいかに大きく人間性を歪めてきたかを言って母権制の心性と

対比しましたが、両者は別物でなく、共存している——どの時代にもどの人間にも共存しているのです。

ただその共存状態が余りに偏っていると「老子」は言うのであり、それを正常に戻すには母と肚につながる「優しさ」が、いかに大切かを語るのです。その点では、「老子」は父権制社会よりもずっと以前からある人間の情念を伝えている。いわば「タオ」からじかに伝わった根源の生命なのだ、と私は思うのです。そして本物のスピリチュアル・リーダーは誰も、ここから感じとったものを伝えようとしていると言いたくなります。

「私の宗教は優しさなのです」と、ダライ・ラマは言っています。私の今の心はこうした言明に支えられています。探せば、他のスピリチュアル・リーダーたちの言葉にも見つかるにちがいないが、今はダライ・ラマの一言で十分です。

この一言に対して意外さや不満を覚える宗教者たちがいるとすれば、彼らは過去の男性制度的メンタリティーにとらわれていると言いたい。

b

物事を固く強くやらないで、柔らかくやれ、ということを老子は何度も言っています。
第四三章の一部分を紹介します。

固くて強いものが
世の中を支配しているかに見えるがね
本当は
いちばん柔らかいものが、
いちばん固いものを打ち砕き、
こなごなにするんだよ。

空気や水のするように、
タオの働きは、隙のない固いものに
滲《し》みこんでゆき、
いつしかそれを砕いてしまう。

何んにもしないように見えるが
じつに大きな役をしているのだ。
このように、目に見えない静かな働きは
何もしないようでいて深く役立っている。
これは、世の中ではなかなか
人に気づかれないいんだが、
比べようもなく
尊いものなんだよ。（第四三章）

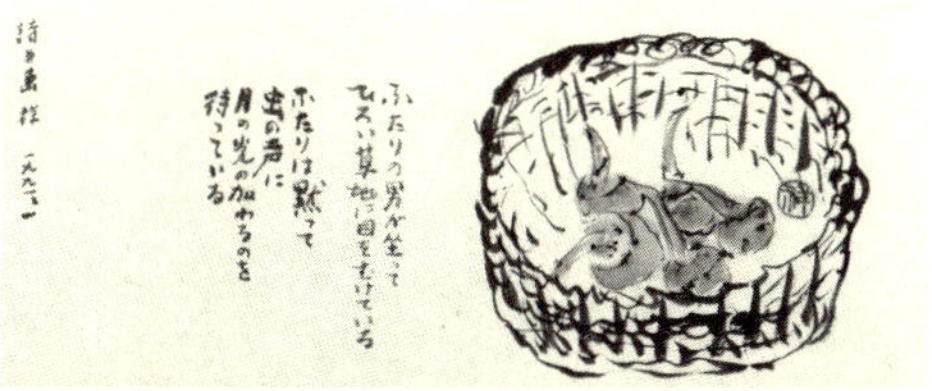

水とか風というのは確かにそれ自体、非常に柔らかくと言いますか、まさに決して強いものではないですが、いざとなると大変な威力を発揮するわけです。自然というのは、「自らある」ということなんです。自然の「自」という字は「自ら」ですから。「然」るという字は「然る」ですから、ありのままとか、そのようにあるという意味ですね。

自然の力にまかせるという事は、ありのままですから。だから老子は、自然というものの自体も大きな千変万化するエナジーの働きとしてとるんであって、決して単に自然のあるままではないんです。それが次から次へと変化していく。

そういう変化していく自然の力というものを受け入れ、それに従うということであって、決して静的なものではないんです。陰と陽、いつも交わったり離れたり、それがまた次の時には変わっていくという、千変万化の世界であって、それは一刻もじっとしていないのが現実だと老子は見ているわけです。

ですから、私たちが固定した物の考え方をしても、自然に変わっていくのだから、そんな考えにいつまでも取りつかれてなくたっていいよ、というふうに言う。これこそ柔らかな考え方です。

固という字は古くなったものを口に入れています。どうせそんな古い固定観念に取りすがっていたって、変わるんだ。

自分が不幸だったらやがては幸福な世界がまた出てくるし、幸福だからと喜んでいたらやがてはまた不幸にもなる。どちらにしても心がそういう大きな流れというものを知っていれば、それ自体に対して余り心を煩わせないんだ、それが融通無碍《むげ》な柔軟さです。それは「柔らかさ」と言うものとほとんど同じ意味合いの言葉です。老子の世界では「柔弱」と言うんですが「柔らか」という字と「弱」という字を書いて「弱い」という字です。そういう言葉を両方良く使いますが、優しさというものはそこから出てくるので、その優しさというのは、老子にとってとても大事な考えなのです。

第七六章には次のようにあります。

人というものは
生まれたときは柔らかく、弱々しくて
死ぬときはこわばり、突っぱってしまう。
人ばかりか、
あらゆる生き物や木や草も
生きてる時はしなやかで柔らかだが
死ぬと、
枯れてしぼんでしまう。
だから、固くこわばったものは
死の仲間であり、
みずみずしく、柔らかで弱くて繊細なものは
生命《ライフ》の仲間なのだ。
剣もただ固く鍛えたものは、折れやすい。

木も、堅くつっ立つものは、風で折れる。
元来、
強くこわばったものは
下にいて、
根の役をすべきなのだ。
しなやかで柔らかで
弱くて繊細なものこそ
上の位置にいて
花を咲かせるべきなのだ。（第七六章）

これは社会体制内の人間社会だけ見ていると、ちょっと通じないようなことです。社会は皆固くて強いものが上にいて、柔らかで弱いものは下にいるように見えますけど、一たび目を自然界の方へ向けて見ると、もう花は全部上にいて開き、根に花は咲かないのです。

だから木でも上の方に花がつき、根は一生懸命張って、そういうバランスで自然界がある。老子は自然界のバランスは人間の中でも大切なんだと言おうとしているのです。なぜかといいますと、本当の意味での柔らかなもの、優しいものは人々の心に平和な気持ちを与えるからなのです。彼はそういう点で非常に実際家です。

私は今になってみて、老子の言う柔らかさ、優しさというものが、日本人の元来もっていた心なんだ、もう一度ここで復活させていく時だろうなと感じるのです。

もう一つ言えば、男性主導社会というものが、母系社会の後に出てきてその力がますます拡大し、全世界的にもほとんど文明国といわれるものは、男性主導社会になった。その男性主導社会がやってきたことというのは、争いと戦いと征服とそれから掠奪の繰り返しです。

それによって私たちは所有欲というものをすごく発達させて、二十世紀までそういうことをやってきた結果、世界大戦を起こし今もまだ、世界で戦争の悲劇が続いています。

そして今度は、新しくもう一度女性運動という形になって出てきてると思うのです。

もう今では、女性大統領が出る時代です。それは今まで二千年に亘って、男性が支配し過ぎてたことに対する老子的バランスだと思うのです、この現象は。

しかし、女性がうっかり権力だけを奪取したら、もっとすごい権力社会になってしまうかも知れない、それは人間性には両方ありますから、女性にだって男性的な素質があるし、男性にも女性的な素質があります。

そういう点で、優しさというものが女権運動の中で、もう一回はっきり復活してきた方が、私は正しい復活、女権だろうと思うのです。女性が男性と同じ権力を得て同じ様になるということだけが女権運動ではないと思うのです。

女性は母親とつながる、そういう優しさというものこそ、女性が復活して男性の強くて競争するという心の中に、そういうものではないものの価値を滲み込ませていく、そういう運動も女性の運動として非常に大きな役なのではないでしょうか。

老子はそれをきちんと見ていて、自分の中の男性性というものを良く自覚しながら、なおかつ女性性も守って持っていっていれば大きな人間になって、他人のように広々とした人間になると言う。
優しさということについて、第五五章にこんな章があります。

道《タオ》につながる人は
柔らかなのだ。
その柔らかさは、ベビーの柔らかさだ。
ベビーっていうのは
まったく邪心がないから、
毒虫だって刺さないし、蛇だって咬まないよ。
まして虎や鷲《わし》なんかは手を出さない。

ベビーっていうのは
骨は細いし筋肉はふにゃふにゃだよ。

それでいて手を握ったときの
あの拳《こぶし》の固さはどうだ！
男と女の交わりなど知らんくせに、もう
オチンポはしっかり立つ！
それはベビーに
真の精気《エナジー》が満ちてるからだよ。

一日じゅう泣きわめいたって
声が嗄《しゃが》れないのは
身体《からだ》全体が調和しているからさ。
何に調和しているのか、といえば、
道《タオ》の本源の精気と調和しているのさ。（第五五章）

老子は、柔らかさについてこんなに自在に語る哲学者なのです。

思い出しましたが、確かＮＨＫの教育テレビの番組だったと思うのですが、小学生の子供たちが椅子の回りに坐って、「カッコイイ」と言うことについて話していました。その中で、優しさをカッコ良さのトップに選んだ子が一番多かったということに私は驚きました。思いもかけない発想だったんです。先生でさえ意外な顔をしていて、子供たちが自由に「優しさ」を選んだことに感心していた。

しかし、それは逆に言うと、その子たちが優しさを欲しがってるんだという証拠でもあるんです。その子たちにとって、母親からの優しさが欠けているために、「優しい子がいいな」という風に、どこかで彼らが求めている。

幸いなことに私たちは自由な社会ですから、そういう子供たちが優しさを求め、やがてそれをお互いに分け合っていくという世界が、少しずつ出てくるだろうと思うのです。

12 「嫁入り観音」

どの花も実を結ぶようになる。どの朝も夕暮れになる。変転と時の流れのほか、永遠のものはこの世にない。
（ヘルマン・ヘッセ）

私がいう「優しさ」は一般に言う人間の優しさであると同時に、もう一つの層を含んでいます。例えば母の優しさは誰も知ることですが、それは、生命を「産むもの」すべてのもつ優しさです——この点を心に置いてもう少し話します。それは鳥獣草木あらゆる生物を産むものの優しさです。それは一粒の種にも宿っている。あらゆる「産むもの」

が、産んだものに対して抱く優しさです。

それは人間の中では感情や知性よりも深くにあり、それを無意識とも体全体と呼んでもいいのですが、すでにそこに働く力（エネルギー）そのものが「優しい」のです。

私は、この「優しさ」を自覚しないで来た人間です――実に多くの人々から優しくしてもらってきたのですが、それを当たり前のような気持ちで受けてきたのでした。七十歳を超えるまでそうでした。

近年、すでに話してきたように、腹の手術から肚意識、母、グレート・マザーや大母や玄牝《ゲンピン》と辿ってくるうちに、いつしか自分の中深くにある優しさが、（これは誰にもあるものです）ようやく自覚の層にのぼり始めたのです。

これからお話しするエピソードは、最近になってこの「自覚」が不思議な方角から私にやってきたという体験を語るものです。

私はヘルマン・ヘッセの『人は成熟するにつれて若くなる』（フォルカー・ミヒャエルス編、岡田朝雄訳、草思社刊）を読んでいて、中の一つの詩に心を惹かれました。題は「日本の森の谷で風化してゆく古い仏陀像」という十四行の短かな詩です。しかし訳が直訳で生硬なので、ヘッセのメッセージがよく伝わらない。もっと噛みくだいた訳で味わいたい――そう思って、友人の中野孝次に手紙しました。「この詩の原詩を知りたい、そしてできれば解りやすく訳し直してくれないか。」

つけ加えますが、中野はドイツ文学を専攻し、私は英文学です。そんな二人が晩年になって東洋の詩文と思想に熱中している。それで彼にヘッセの詩の説明を頼んだのです。

彼はドイツ語の原詩のコピーと、平易な意訳とを送ってくれました。それでヘッセの言わんとしたことがほぼ察せられたのですが、（そして深く肯いたのですが）私にはそれからさらに欲が出た――これを私流の「詩」に仕立て直してみよう、という欲です。

私は外国の卓越した詩に出会って感動すると、それを自分流の「訳」にしたくなる。そういう衝動を押さえきれないのです。その気持ちがつのって、これまでに『倒影集』という英詩訳集と、『漢詩訳集』を出しています。このヘッセの詩を見た時もその衝動に動かされました。

それから二、三ヵ月の間に、ぽつぽつと原詩のニュアンスや意味を人に問いただしたりしたのですが、そんな手間の説明は省略して、私が仕立て直したヘッセの訳詩を次に読んでいただきます。

「日本の山中で崩れかけた仏像を見て」

——ヘルマン・ヘッセ

長い歳月、雨と風にさらされて
すっかり苔むした仏陀の、
温和な痩せた顔。

柔らかな頬。
その伏せた瞼の下の眼を
内側の目的に向けて
静かに立っている。
よろこんで朽ち果てて
万有の中に崩壊してゆく。
形を融かしこむ「無限」のほうに
目を向けているのだ。

その形は無に帰する道にあり、
もはや消えはじめているのになお
王者の高い使命をわれらに告げ

われらに求めている。

己れの姿形を
湿気とぬかるみと土のなかに捨てることで
その使命の意味を完成させようとする。
明日は木々の根となるだろう。
風にざわめく枝葉となるだろう。

水となって
明るく澄んだ空を映しだすだろう。
葛や菌糸や羊歯《しだ》となって

伸び縮《ちぢ》みしているだろう——

それは
永遠の統一へむかう万物の
流転変遷の姿なのだ

なぜ私がこの詩に心を惹かれたのかというと、一つの経験をしたことからきているのです。

二年ほど前の、年の暮れのことでした。近くの町に、ドイツから来たドクターがいます。彼女は若い時から東洋にひかれて来日し、長く湘南に過ごした後、さらに自分の内なるものに促されて、今は信州の町にいます。

前日に降った雪がやんだ日で、たしか大晦日だったと思います。お茶を馳走になった後彼女は、散歩に行こう、見せたいものがある、といたずらっぽい青い目を私に向けました。私は承諾し、ブーツを履いて、その家の裏の赤松林の丘へ彼女の後から登っていったのですが、雪は膝まであったりしてかなり難渋したのを覚えています。先に立った彼女の赤いアノラック姿が見えなくなり、その踏み跡をたどってしばらく雪の中をあがり、倒れ木の下をくぐると、彼女が遠くに見えました。ようやく近づくと、彼女は雪の中に跪《ひざまず》いていて、その前には小さな馬頭観音像がありました。大樹の根本に雪に埋もれて半身像になっています。

彼女はそのまわりの雪を掻きだしていて、見ていると、つぎには観音像の頭から肩までの粉雪を払い落とし、背後も……。というように、厚い手袋の両手を忙しく動かして、すっかり雪払いをしとげると、始めて私に目を向けて、この観音様は傾いて倒れそうだったので私が起こして下に石を入れて立て直したのだと言い、ふたたびその前の雪に跪き、両手を合わせて頭を垂れたのでした。

私はそばの立ち木に背をもたせて立ったままでした。彼女の雪払いに手を貸さなかったし、共に拝もうともしなかったのです。

こうした場合、日本のたいていの男がするように、私も突っ立ったままでした——。しかしその時の私はことの意外さに呆気にとられていたのです。その小さな石の仏像に対して彼女のした行動は、私には全く思いがけなかったからです。

別に恥ずかしい気持ちはなかった。仏教信仰はないし、観音を有り難がる気持ちももたなかったからです。私一人だったら黙って通り過ぎたでしょう。これは今では誰でも同じことと言えて、それゆえ観音は林の中で傾き、今にも地に倒れんとしていたわけです。

それを、遠いヨーロッパから来た人が、助け起こして、愛しみ、拝んでいる。これは驚きであり、その驚きの心のまま立っていると、私の心に一つの直感がよぎったのでした。

——そうか、この観音像はわが国の人たちに見放されたって、遠いヨーロッパの人の心に訴えかける心を持っているんだ——。

あの時は英語を使っていたので、彼女に far reaching spirit——と言い、この観音は

「遠くに達する心ファー・リーチング・スピリット」を持つから、信州の山の中に立ったままでいて、遠いヨーロッパの人の心を惹きつけるんだと――丘の下の池の周りを歩きながら、私はこんなことを言ったのでした。

それからの私はこういう石仏を見かけるると、立ちどまるようになりました。信州、とくに松本平や伊那谷に多いようですが、誰一人通らない細い山道で見つけることがあります。

去年、私は近所の家の外に置きっ放しになっている小さな観音石像を見て、しまいにその家の主婦に頼んで借り受け、わが家の庭の二本の松の間に置きました。それ以来、しばしば画作の中で、樹下に立つ小像を描くようになりました。

今年の冬、わが家の雪のふり積もる庭には、二本の松の間に立つ小観音像が「柔らかな頬、伏せた瞼の下の眼を内側にむけて」静かに立っていました。降りしきる雪は次第に石仏の凹と凸の間にたまり、その小さな頭の上にも、ちょうど花嫁の綿帽子の形で、のっています。私は思わず「おや、嫁入り観音だ」と呟いたのでした。

観音には、馬頭観音ばかりか、大悲観音とか慈母観音とか、いろいろ名がつけられているようです。一度は古い経文の中に「南無観世大慈柔軟音」(『七仏八菩薩所説大陀羅尼神呪経』)とありました。というのも観音は、大地のはぐくむ柔らかで優しい心――命へのいたわり――を体現するものだからでしょう。とすれば、私がいま、「嫁入り観音」と呼んで彼女に一礼をしても、そんなにおかしいことではないかもしれない……。

「よろこんで朽ち果てて　万有の中に崩壊してゆく……その使命の意味を完成させようとする」

このようなヘッセの詩行は非常にタオ的です。と同時に、私はこんなことも感じるのです。――もしヘッセが日本にきて信州の林の中で、倒れかけた観音像をみたら、たぶんそれを起こしたり立て直したりするだろう、あの友達がしたように――。

そして「遠くまで達する心」とは、老子の「タオ」の働きと通じるものだ、と感じたのです。

「大いなるものは遠くにゆく。はるか遠くに行くものは還ってくる」(老子の言葉)。

ヘルマン・ヘッセのあの詩も同じことを語っているのだと思います。

ヘッセは、森の中で摩滅してゆく観音像に、本当の宗教精神のもつ「大いなる働き」の示現を見たのだと思います。

おわりに

『タオ――老子』の第六七章を紹介しましょう。タイトルは「三宝」です。

私は
三つの宝を持っていて、それをとても
大切にしている。
その一つは愛すること、

その二は倹約すること、
その三は世の中の人の先に立たぬこと。

私のいう愛とは
母の持つあの深い愛のことだ。
この深い愛があればこそ
人は本当に勇敢になれるんだ。
倹約とは、物ばかりではなくて、
道《タオ》のくれるエナジーを節約することだよ。
よく節約することで、人は
はじめて寛大にわけることができる。
このエナジーを蓄えて
先に立とうと争ったりしなければ

いつしか大きな器量の人間になる。
深い愛がなくて
なお勇敢に振る舞おうとしたり、
貯えもないのに
やたら気前良くばらまいたり
後にいるのをやめて
無理に先頭にたったりすれば、
これはみんな早いとこ
墜落することになるのさ。

深い哀れみと愛を持つ人は
もし戦うにしても負けはしない、なぜなら
固く守って、待つからだ。

道《タオ》の力を宿す天は、
こういう深い愛で
その人を守っているのだよ。

その一は愛すること、その二は倹約すること、その三は世の人の先に立たぬこと、ということです。そして、その三に、世の人の先に立たぬこと、少し唐突な感じがしますけども、老子の教える世の中のことの非常に大事な部分です。争わないことによって自分の心がずっと穏やかになれるというのです。

私たちは争わなくても結構皆が食べていける世界にいると感じています。これだけ科学文明が発達し、いろんな生産力があって世界的にも分配する力ができ、あらゆる分野で技術が発達したら、もう個人が争わなくても生きるだけの十分の衣食住は持てるのではないかと思うのです。

儒教では「衣食足りて礼節を知る」といいますが、老子は「足ルヲ知レバ富ム」と言う。それは物質的に足りる時、人は自分の内側に豊かな力を見出す、ということだ、と私は解しています。

私はこれからの時代を決して行き詰まった暗い時代という風には悲観していません。生命が大きなエナジーに生かされ、自らの輝きを失わない限り、そして永遠の命とつながっている限り……最後に私の詩を掲げます。ここでの命とは、肚からくる命なのです。

あなたが生きてる限り決してなくならないものがある。
命だ。
あなたがそこにいる限り、決してなくならないものがある。
命だ。
あなたがどこにいようと必ずともにいてくれるものがある。
命だ。

たとえあなたが人の群れから立ち去ろうとともについてきてくれるもの。
迷ったり、悩んだり、苦しんだりするあなたと必ずともにいるもの。
そしてあなたが喜ぶとき、
深くからその喜びをあなたと分け合うもの。
あなたという自意識は命という無意識に導かれて進んでいくのだ。
おお、
だから勇気を出して両腕を広げ抱きしめてごらん。
あなたは知るだろう。
命とは愛のことだと。
そして命は誰よりもあなたを愛していると。
そして
それは誰一人あなたから奪いとれないものなのだと。

谷の夕暮
大きなものがゆっくり
静まるとき そこには
大自然の優しさがある

あとがき

腹についてあれこれと言ってきたのだから、腹式呼吸についてもふれるべきであるかも知れません。腹呼吸のことは道教、仏教、ヒンズー教などにも述べられていて、大変に深い大切な働きのものだ、とされていますし、身体や精神のヒーリングによいものとして、近年はとくに多くの本が出ています。

私が腹呼吸について何か新しいことを言う余地は全くありませんが、十五年ほど前から自彊術《じきょうじゅつ》という体操をしています。これは呼吸法を基にしたものでしたから、腹式呼吸には関心を持ってきました。近年、自彊術と、心身綜合医療の医家池見酉次郎氏の本から多くを学びました。彼の諸説を紹介したく思ったのですが、紙幅の関係でできませんでした。

　このように、腹式呼吸の効果をふくめて考えると肚は精神（心）のバランスの上でも身体のバランスの上でも、中心の役割をしていると言えるでしょう。私はまだこの両方のバランスを、自分の中に持つには至っていないのですが、それでも何とかその方向に向かおうとしています。

　伊那谷の一隅、田圃《たんぼ》と林に囲まれた一軒家に住んでいて、自彊術をしたあと、坐って、空や山々や林を見ながら、腹呼吸をしている。それが朝の私のひとときです。特別効果があるかどうかは分かりませんが、毎朝、欠かせないものになっています。私の身体と精神の両方が要求しているのです。

　私はこの本をできるだけ自分の経験から書きたいと願い、なんとか経験の裏打ちのある話に戻りましたが、しかしまた、過去に読んだものからの引用と説明も少なくありません。

　そうして引用した諸家の書目を巻末に挙げるべきかとも思いましたが、これは研究書でなくて随想なので省略しました。

七十七の年に私に生じた新しい考えを追って、ここまで辿ってきましたが、着想から完了まで三年が過ぎました。その間辛抱して励ましてくれた日本教文社の長谷部智子さんに感謝して結びの言葉とします。

二〇〇五年六月二日　伊那谷・晩晴館にて

加島祥造

肚《はら》──老子《ろうし》と私《わたし》

初版発行　平成一七年七月二五日

著　者　加《か》島《じま》祥造《しょうぞう》〈検印省略〉

© Shozo Kajima, 2005

発行者　岸　重人
発行所　株式会社　日本教文社
東京都港区赤坂九─六─四四　〒一〇七─八六七四
電　話　〇三─(三四〇一)─九一一一(代表)
　〇三─(三四〇一)─九一一四(編集)
FAX　〇三─(三四〇一)─九一一八(編集)
　〇三─(三四〇一)─九一一九(営業)
振　替　〇〇一四〇─四─五五五一九
印刷・製本　光明社
ISBN4-531-06400-3　Printed in Japan
乱丁本・落丁本はお取り替え致します。定価はカバーに表示してあります。
日本教文社のホームページ　http://www.kyobunsha.co.jp/

Ⓡ〈日本複写権センター委託出版物〉
本書の全部または一部を無断で複写複製(コピー)することは著作権上での例外を除き、禁じられています。
本書からの複写を希望される場合は、日本複写権センター(03-3401-2382)にご連絡ください。

日本教文社刊

生長の家の信仰について

●谷口清超著

あなたに幸福をもたらす生長の家の教えの基本を、「唯神実相」「唯心所現」「万教帰一」「自然法爾」の四つをキーワードに、やさしく説いた生長の家入門書。

¥1200

深いことばの山河　宮沢賢治からインド哲学まで

●山尾三省著（日本図書館協会選定図書）

日本の高僧からインドの聖人、宮沢賢治まで、先人の残した言葉の中に、生命の本質を観、真理を聴く。詩人の感性と深い思索に満ちた言葉は、人間の根源にある宗教心を呼び覚ます。

¥1937

自然に学ぶ共創思考<改訂版>――「いのち」を活かすライフスタイル

●石川光男著

自然界のシステムがもつ三つの原則（つながり・はたらき・バランス）を重視した生き方が、すべてを生き生きとさせることを、生活や教育、ビジネスへの応用を紹介しながら解説。好評のロングセラー！

¥1600

生命の聖なるバランス――地球と人間の新しい絆のために

●デイヴィッド・T・スズキ著　柴田譲治訳

地球の生物多様性と私たちは「地水火風」を通じて一つのからだをなしている――世界の先住民の「大地との聖なる絆」に学んだ生物学者による、未来の地球と人類との新たな共生的関係への提言。

¥2200

自然について<改装新版>

●エマソン名著選　斎藤光訳

自然が、精神ひいては神の象徴であるという直感を描き出した処女作「自然」、人間精神の自立性と無限性を説いた「アメリカの学者」「神学部講演」等、初期の重要論文を一挙収録。

¥2040

自然の教え 自然の癒し ――スピリチュアル・エコロジーの知恵

●J・A・スワン著　金子昭・金子珠里訳

世界の聖なる土地が人間の身・心・霊に及ぼす癒しの力を探究してきた、環境心理学のパイオニアが開くエコロジーの新次元。自然との霊的交流の知恵を豊富に紹介。

¥2957

各定価（5%税込）は、平成17年7月1日現在のものです。品切れの際はご容赦ください。
小社のホームページ http://www.kyobunsha.co.jp/ では様々な書籍情報がご覧いただけます。